KB082797

혼자 술 마시는 여자

혼자 술 마시는 여자

초판 1쇄 발행_ 2018년 12월 20일
초판 2쇄 발행_ 2019년 6월 5일

지은이_ 박경희
펴낸이_ 이성수
주간_ 김미성
편집_ 황영선, 이경은, 이홍우, 이효주
마케팅_ 김현관
디자인_ 진혜리

펴낸곳_ 올림
주소_ 03186 서울시 종로구 새문안로 92 광화문오피시아 1810호
등록_ 2000년 3월 30일 제300-2000-192호(구:제20-183호)
전화_ 02-720-3131
팩스_ 02-6499-0898
이메일_ pom4u@naver.com
홈페이지_ http://cafe.naver.com/ollimbooks

ISBN 979-11-6262-008-3 03810

이 도서의 국립중앙도서관 출판예정도서목록(CIP)은 서지정보유통지
원시스템 홈페이지(http://seoji.nl.go.kr)와 국가자료공동목록시스템
(http://www.nl.go.kr/kolisnet)에서 이용하실 수 있습니다.
(CIP제어번호 : CIP2018040324)

혼자
술 마시는
여자

올림

달콤쌉싸름한 인생을 만나다

글맛이 쫄깃하다. 안주로 치면 자연산 골뱅이나 꼬막이랄까. 때론 쫀득하고 때론 짭조름하다. 아삭한 오이처럼 유쾌·상쾌·통쾌한 맛도 난다. 첫머리 '주님의 주례' 일화부터 웃음꽃이 만발한다. "나랑 결혼한 이유가 뭐예요?" "당신 술 잘 마시는 게 예뻤지."

짧고 경쾌한 문장을 따라가다 보면 달콤하면서도 쌉싸름한 인생을 만날 수 있다. 스물넷 막내며느리의 통통 튀던 '청춘 3발(발랄·발칙·도발)'이며 살림 9단의 잘 익은 '중년 3숙(숙성·숙련·숙고)' 이야기가 단편소설처럼 펼쳐진다. 시어머니와 함께 부침개를 가운데 두고 남편이 말아주는 '답십리표 황금비율 소맥'을 즐기는 모습은 얼마나 정겨운가. 어린 날 아버지한테 매맞고 선물(?) 받은 박카스가 바쿠스이자 디오니소스인 주신(酒神)이었으니, 그 또한 속 깊은 사랑이다. 이런 생활의 행간에서 '삶이란 오래된 묵은지처럼 깊은 맛' '말은 곧 마음이 외치는 소리' 같은 원리도 터득한다. '독(毒)이 되는 말로 남을 해칠지, 덕(德)이 되는 말로 남에게 득(得)이 되게 할지 모두 나에게 달려 있다'는 깨달음까지 얻는다.

그 풍경 위로 달빛 아래 홀로 술을 마시며 시를 썼던 이백의 '월하독작(月下獨酌)'이 겹쳐진다. 책 제목은 《혼자 술 마시는 여자》이지만 단순한 '혼술'의 경지를 넘었다.

고두현
시인 · 한국경제 논설위원

잔을 비우다

홀로 술잔을 비우다
마음을 비웁니다.

서운한 마음
미운 마음
서러운 마음
분한 마음
서글픈 마음
헛헛한 마음
훌훌 마십니다.

술잔을 비우고
정을 채웁니다.

맘속 때를 벗기고
고마움을 새깁니다.

그저 사랑뿐인 울 엄마
하냥 자식 걱정 울 아버지
두 분 마음
언제나 가 닿을까요.

뼈를 깎고
살을 베어 줘도
아까워하지 않는
부모님 마음
닮고 싶어

오늘도 빈 잔에
오로지
사랑만 채웁니다.

차례

1 주님의 주례

2 혼술은 그렇게 시작되었다

3 묵은지 사랑

5 혼술이 좋은 열 가지 이유

6 하늘 셈법

7 달 아래 혼술

1 주님의 주례

먹을 때

밥 먹을 때
우리는 겸손해집니다.

제 아무리
난 척하려 해도
뻐기려 해도

고개를 숙이지 않고는
먹을 수 없기에

내 앞에서
정수리 보여주는 당신을
나는 사랑합니다. 🍷

주님의 주례

스물넷에 결혼을 했습니다. 목련이 지고 벚꽃이 흐드러지게 필 무렵 모교 강당에서 예식을 치렀습니다. 주례를 맡아주셨던 남편의 은사님께는 죄송한 말씀이지만 저희 부부 주례는 단연코 주(酒)님이었습니다.

대학 졸업반 시절 제일 친한 동무가 먼저 만나던 남자가 제 남편이 되었습니다. 취업 준비는 핑계였고, 매일 학교에서 붙어 있다 동무랑 제가 집에 가는 길에 '참새방앗간'처럼 들르는 학사주점이 있었습니다. 기본으로 나오는 미역냉국에 소주 한 병을 마시는 게 일상이었습니다. 몇 번인가 그 친구랑 지금의 제 남편이랑 저 이렇게 셋이 어울리다가 사랑의 화살표가 바뀌었던 것입니다.

그날도 셋이 뭉쳐 예의 그 주점에서 술을 마시다 술김에 제가 불쑥 말했습니다.

"저랑 결혼할래요?"

순간 정적이 흘렀습니다. 몇 초였는지 몇 분이었는지는 모르겠습니다. 말문을 연 건 제 친구였습니다.

"그래, 둘이 해라, 해!"

집안도 건사하고 천천히 결혼하길 원했던 저희 집과 달리, 저보다 일곱 살 위였던 그 남자는 당시로서는 나이도 찼던 터라 집안에서 서둘러 혼인을 시키려 했습니다. 상견례 자리에서 저희 아버지는 2, 3년쯤 식을 늦추자고 하셨습니다. 하지만 시어머니 되실 분은 빨리 날을 잡지 않을 거면 그만두라며 단호한 입장을 통보해오셨습니다.

대학을 갓 졸업한, 세상물정이라고는 모르는 저는 그 남자와 헤어지는 게 두려워 아버지께는 알리지도 않고 덜컥 날을 잡아버렸습니다. 결혼식 날짜를 비롯해 식장, 웨딩드레스 그밖의 모든 것을 일사천리로 제 맘대로 정했습니다.

"경희 아버지, 딸내미 결혼 날짜 잡았다며?"

어느 날 가게를 보시다가 동네 친구분이 건네는 말을 듣고 나서야 일이 터진 것을 아셨던 아버지. 졸업하기 무섭게 떠나려는 딸이 얼마나 야속하셨을까요? 더구나 늦추라는 결혼식을 제멋대로 서둘러 정하고, 남을 통해 결혼 소식을 듣는 황당함을 제가 어찌 짐작이나 할 수 있었을까요? 우여곡절 끝에 간신히 아버지 맘을 돌리고 무사히 결혼식을 치렀습니다. 결혼식을 마치고 신혼여행 떠나는 제게 아버지는 여행경비를 담은 봉투를 건네셨습니다. 봉투 겉면에 이리 쓰여 있었습니다.

"딸아, 해준 게 없어서 미안하다. 잘 살아라."

"신부는 좋다고 웨딩드레스 들고 깡충깡충 뛰어다니고, 친정아버지는 연신 눈물 훔치며 화장실을 들락날락하시고, 쯧쯧쯧!"

신혼여행에서 돌아와 시댁 친척들께 인사드릴 때 시이모님께서 한 말씀 하시며 웃으셨습니다.

참, 제 청혼에 대한 뒷얘기를 빼먹었네요. 대답을 들은 건 결혼하고 꽤 오랜 시간이 흐른 뒤였습니다.

"나랑 결혼한 이유가 뭐예요? 그때 내가 프러포즈했을 때 무슨 생각 했어요?"

예쁘다든가, 똑똑하다든가, 착하다든가, 귀엽다든가, 뭐 그런 이유가 있을 줄 알았습니다.

"당신 술 잘 마시는 게 예뻤지." 🍷

한가위 역적모의

　막내며느리로 시부모님과 함께 산 지 서너 해쯤 되었을 때였습니다. 여자 형제가 없는 저는 손위 형님이, 그것도 두 분이나 생기고 보니 그렇게 좋을 수가 없었습니다. 친언니가 있었다면 그랬을까요. 정말 저는 형님들을 좋아했습니다. 저보다 여덟 살, 열 살 위인 형님들은 다정하고 친절하고, 그냥 다 좋았습니다. 생김새도 좋았고, 목소리도 말투도 죄다 내 맘에 쏙 들었습니다.

　시부모님과 같이 살다보니 명절이나 제사를 막내인 제가 준비하곤 했습니다. 일주일 전부터 어머님 지휘 아래 장을 보고 음식을 장만하면서도 힘들기보다는 형님들 만날 생각에 신나고 설렜습니다.

　그날은 추석 전날이었습니다. 전까지 다 부쳐놓고 형님들 오시기만 손꼽아 기다렸습니다. 형님들 도착하기가 무섭게 장볼 게 남았다는 거짓말로 어머님을 속이고 형님들에 사촌동서까지 꼬드겨서 노래방에 갔습니다. 진짜 재밌었습니다. 시간 가는 줄 모르고 놀다가 저녁 차리러 들어왔습니다. 설거지 끝나기가 무섭게 어머님 초저녁잠 주무시는 틈을 타 그 노래방에 또 갔습니다. 역시 재밌었습니다. 몰래 나와서 그런지 더 짜릿하고 신났습니다. 한참 놀다가 아무 일도 없는 척 들어가서 잤습니다.

다음날 새벽 차례를 마치고 상 치우고 나서 또 놀고 싶은 마음이 발동한 나머지 점심 전에 돌아오겠다 말씀드리고 형님들과 사촌동서를 모시고 집 근처 관악산 입구로 바람 쐬러 갔습니다. 산책으로 아쉬워진 우리 성씨 다른 네 여자—강씨, 이씨, 박씨, 한씨—는 의기투합해 가볍게 막걸리 한 잔만 하자 했습니다. 가을볕은 찬란했고, 철 이른 단풍은 곱디 고왔습니다. 차례 지내고 올라오는 느긋한 등산객들은 걸음 하나도 멋스러웠습니다. 무릉도원, 지상낙원이 따로 없었지요. 별유천지비인간(別有天地非人間). 인간세상이 아닌 별천지였습니다. 이백의 시가 절로 떠올랐습니다.

탁배기 한 잔에 취흥이 도도해져 간이 배 밖으로 나

온 며느리 사총사는 집에 돌아가기 싫어졌습니다. 파전에 도토리묵에, 막걸리 사발은 잘도 비워졌습니다. 시간 가는 줄 모르다 퍼뜩 정신을 차려보니 점심 때가 훌쩍 지나 있었습니다. 시댁 어른들한테 꾸중 들을까 우리는 커피자판기 앞에서 걸음을 멈추었습니다. 마구 풍겨 나오는 막걸리 냄새를 가려보겠다고 말입니다.

나중에 들은 말로는 우리가 밥때가 되어도 돌아오지 않자 아주버님과 도련님이 차를 몰고 관악산 주변을 돌며 찾아 헤맸다고 합니다. 뭔 큰일이라도 난 건 아닌가 해서요. 일부러 휴대폰을 가져가지 않았는데, 지금 생각해도 참 잘한 일 같습니다. 꼬수웠습니다. 큰 걱정을 끼치고 돌아온 우리는 다행히 작은형님의 눈물 철철 읍소 덕분에 혼도 나지 않고 무사히 그날의 모험을 마무리했습니다.

아침저녁으로 찬바람이 부는 요즘, 스무 해도 넘은 그때 그 장면이 문득 떠올랐습니다. 형님들, 우리 다시 한번 뭉쳐야죠?🍷

경희야, 내 술 어딨냐?

어린 시절 경기도 용인의 3군 사령부 근방에 살았습니다. 개발 바람이 불 때라 도처가 공사판이어서 새벽부터 일하러 나가는 사람들이 많았지요. 술의 힘으로 고된 노동을 견디던 시절이었습니다.

그때 우리집은 잡화점을 하고 있었는데, 가게 한 편에 들인 단칸방에서 다섯 식구가 살았습니다. 학교 가기 전 잠깐 가게를 볼라치면 논밭으로, 공사판으로 일 나가는 동넷분들이 으레 우리 가게에 들렀습니다. 소주 2홉들이 한 병을 주문하고 '고뿌'를 달라 하셨습니다. 까만 고무줄로 돈통 옆에 묶어놓은 병따개(그땐 그것도 귀한 물건이어서 없어질까봐 그리 했습니다)로 뚜껑을 풀꺽 땄습니다. 콸콸콸 유리잔 가득 술을 따르고 또 한마디 하셨습니다.

"경희야, 김치 쪼가리 없냐?"

미간에 주름을 팍 새긴 어린 경희는 툴툴대며 배추 김치 몇 점을 내다 드리곤 했습니다. 하교 후 여전히 가게를 보는 제게 아침에 그 아저씨가 다시 인사를 건네며 들어오셨습니다.

　　"경희야, 내 술 어딨냐?"

　　또 다시 인상을 찡그린 어린 경희는 선반 한 구석에 신문지로 뚜껑을 막아놓은 소주병을 내다 드렸습니다. 그렇게 식전부터 맡겨놓은 반 병짜리 소주병이 우리 가게 경북상회 선반에 쪼르르 줄 서 있었습니다.

　　문득 그 시절 동네 아저씨들이 그리워집니다. 지긋지긋도 하고 지루하기도 했던, 도시도 아니고 농촌도 아닌 그곳 용인살이. 하루 종일 아무 일도 일어나지 않는, 무미건조하고 나른했던 그곳.

　　그때 그 아저씨들은 살아 계실까, 건강하실까.

　　저도 한잔해야겠습니다.

　　"어린 경희야, 내 술 어딨냐?" 🍷

아, 은혼식!

그런 줄 알았습니다.
검은 머리 파뿌리처럼 새하얘질 즈음에
한 사오십 년 산 뒤라야 오는 줄 알았습니다.

저의 청혼을 받아줘서 고맙습니다.
사랑하지 않으려 했던 순간도 용서해주세요.
때때로 야단맞는 아이처럼 굴었던 것 미안합니다.
자신보다 저보다 더 사랑해주셔서 감동입니다.
사랑합니다.

-25주년 결혼기념일 새벽에 아내 올림. 🍷

맏이라서 몰랐어, 그래서 미안해

그걸 왜 이제야 알았을까. 내가 한 번도 막내였던 적이 없었으니까 알 리가 없었단 걸 어제 저녁에야 겨우 깨달았습니다. 반백 살이 되어서 말입니다.

모처럼 네 식구가 집 밖에서 뭉쳤습니다. 집밥 못지 않게 외식도 즐겨 하는 편이고 특히 술자리는 온 가족이 사랑하는 시간이었습니다. 둘째까지 제대하여 복학하고 나서는 네 식구 모두가 자기 삶에 바빠 적당히 무심하고 모르는 체하고 지냈던 것 같습니다. 마침 두 아들 기말고사도 끝나고 남편이 맡았던 큰 행사도 무사히 마무리되어 만든 자리였습니다.

먼저 큰아들이 말문을 열었습니다. 자기가 다시 방황의 나락으로 떨어지기 직전이었는데, 입대 전 과외를 했던 제자를 어제 만나서 엄청난 충격과 감동을 받았다고 했습니다. 밥이나 사주려고 만났는데, 제자한테 자극을 받아 잘 살아야겠다, 정신 차려야겠다고 마음먹었답니다. 공부에 관심 없는 아이를 가르치며 과외비를 받는다는 죄책감에 시달리던 큰아들은 한두 달 깊은 고민 끝에 공부하지 말란 말을 남기고 결국 그 일을 그만두었더랬습니다.

그러고 나서 두 해 남짓한 시간 동안 그 아이는 좋아하던 힙합에 모든 걸 걸었고 이제는 자기 앞가림도 하고 어느 새 후배를 가르치고 있다고 합니다. 그러면서 대학 진학을 선택하지 않았던 자기를 지켜봐준 부모님을 생각하며 가족의 소중함을 절절히 느꼈다는 것입니다. 담담히 말하는 아이를 보며 큰아들은 기쁨과 감동의 뒤통수를 맞았다고 고백했습니다.

좋았습니다. 여기까지는.

축하와 격려를 나누며 '소맥(소주와 맥주를 곁들여 마시는 폭탄주의 일종)'을 여러 차례 말았습니다. 행복했습니다. 그래, 이거지. 이게 우리 가족이지.

"난 정말 힘들었어요. 진짜 진짜로 그랬어요."

둘째가 말문을 열었습니다. 아빠와 형이 부딪힐 때, 그 사이에서 힘겨워하던 엄마를 오랜 세월, 어릴 때부터 최근까지도 지켜내느라 힘들고 벅찼던 심경을 처음으로 네 식구 모두 모인 자리에서 털어놓았습니다. 온전히는 아니지만 조금은 짐작하고 있던 저는 미안함과 죄책감에 어쩔 줄을 몰랐습니다. 안절부절하다 겨우 꺼낸 말이, "두 사람 다 둘째에게 사과해요"였습니다. 정신이 탱글탱글 건강해진 큰아들은 이미 여러 차례 미안해했지만 다 모인 자리에서 또 다시 사과했습니다. 하지만 둘째의 깊은 분노와 억울함은 풀리지 않았습니다. 그 화살은 저에게 향해 있었습니다.

"엄마는 제 말을 전혀 듣지 않아요."

진짜 그랬습니다. 아주 어릴 때부터 엄마 얘기를 다 들어주던 둘째는 제게 대나무숲이었고 신문고였고 정신과 의사였고 당골네였습니다. 그저 제 얘기 쏟아내기에 급급해 아이 얘기에는 제대로 귀 기울이지 못했습니다. 둘째는 심지어 제가 여자로서, 아내로서 받고 싶은 것까지도 해주었습니다. 깜짝 생일 파티를 열어주고, 제가 유일하게 하는 액세서리인 귀고리를 고르고 골라 선물해줬고, 전 과목 A플러스로 받은 성적장학금으로 엄마아빠 커플 지갑을 사준 아이였습니다. 그

혼자 술 마시는 여자

뿐인가요. 자대 배치받고 나서 하루도 안 거르고 편지를 보냈고, 심지어 몇 푼 안 되는 사병 월급을 아껴 피엑스에서 달팽이크림을 사다 주기까지 했습니다.

생각해보니, 아니 생각할 것도 없이 저는 유독 둘째에게 많이 받았습니다. 집안 분위기 살벌해지면 새벽녘까지 기타를 쳐주기도 했습니다. '황혼(Twilight)'이었던가요. 핑거스타일로 연주하는 곡인데 손가락을 뜯고 튕기는 모든 동작이, 아프고 두려웠던 제 마음을 한 가닥씩 어루만져주는 위로였습니다. '엄마, 괜찮아요. 제가 곁에 있어요.' 그때 둘째와 저만이 나누었던 무언의 대화는 아직도 가슴이 아립니다. 제 인생에 받기만 하고 돌려주지 못한 존재가 있다면 부모님 다음으로는 바로 둘째일 것 같습니다. 받는 걸 당연하게 여겼던 유일한 존재이기도 하네요.

마음이 너무 무거워 즐거워야 할 술자리에서 도통 표정관리가 안 되었습니다. 그때였습니다.

"너는 그래도 행복한 거야."

이 무슨 소리지 싶어 남편을 쳐다보았습니다. 둘째 너는 형한테 사과라도 받을 수 있으니 아빠보다 행복

주님의 주례

한 거라 했습니다. 그게 바로 막내의 설움이고 운명이라고. 하고 싶은 말도, 하고 싶은 일도 맘대로 하기 힘든 게 막내라는 존재라네요.

돌이켜 보니 저는 살면서 실컷 말하고 맘껏 저질렀던 것 같습니다. 그게 맏이라는 특권이었단 걸 처음 알았습니다. 어려운 형편에도 항상 귀하게 대접받았고, 최고의 사랑과 예쁨을 받고 칭찬을 독차지했던 것 같습니다.

반면 남편과 둘째는 집안에서 막내라는 위치 덕분에 그토록 둘이 아삼육 궁합이 잘 맞고 공감했나 봅니다. 마찬가지로 맏이인 저는 또 다른 맏이인 큰아들에게 감정이입되고 동일시되어 마치 한 몸처럼 아파하고 기뻐했나봅니다.

이제라도 조금은 느끼게 되어 참 다행입니다. 겨우 알게 되어 또 다행입니다. 지금부터 조금씩 더 다가가고 눈 맞추고 귀 기울이고 손 마주잡고 안아줄 수 있어 정말 다행입니다.🍷

'지금'을 놓치다

저녁을 상추쌈으로 하자는 남편 제안에 서둘러 단골 슈퍼에 갔습니다. 적상추와 청상추 두 봉다리를 사서 나오려는데, 마침 사장님이 계산대에 서 계십니다.

"오늘은 이거밖에 안 사요?"

순간 제 얼굴에 웃음기가 싹 가셨습니다.

'아니, 이거밖에라니. 남들 다 가는 대형 마트, 프랜차 이즈 슈퍼 거의 안 가고 주야장천 동네 슈퍼 애용하는 고객인데. 쌀부터 고기, 술, 라면, 생필품까지 전부 여기 서 사는데. 반가운 인사를 그리 하시면 가는 정이 끊깁 니다요. 오늘 저녁 메뉴는 쌈인가 봐요, 하든가 아니면 차라리 아무 말 없이 그저 웃기만 해도 좋을 텐데.'

속으로 끝없이 궁시렁댔습니다.

집에 돌아와 흐르는 물에 상추를 씻다가 퍼뜩 생각 이 스쳤습니다.

얼마 전 둘째아들이 모처럼 자기 먹은 그릇을 설거지해놓았길래 대뜸 "오랜만이네" 했습니다. "고맙다", "잘했다" 그리 말했어야 했는데, 예전 집안일 잘 도와주던 모습이 눈앞에 떠오르더니 마음과 말이 엇박자가 난 것입니다.

그날 밤 결국 아들과 한판 붙었습니다.

그동안 알뜰히 살피지 못한 서로에 대해 원망과 서운한 마음을 쏟아냈습니다. 말을 하면 할수록 두 사람다 서러움이 폭발하더니 급기야 아들은 엄마랑 얘기할수 없을 것 같다며 문을 쾅 닫고 자기 방으로 들어가버렸습니다.

맘까지 닫힌 저 역시 다친 맘 부여잡고 멍해졌습니다.

지금 이 순간을 자꾸만 놓칩니다.
지금 하는 일을 바라봐주고
지금 하는 말에 귀 기울여주고
방금 했던 일을 칭찬해야 하는데
또 '지금'을 놓치고 과거를 불러들였습니다.

늦은 밤 아들이 정중하고 따뜻하고 매우 솔직한 문자메시지를 보내왔습니다. 세 번을 읽고 나서야 답장을 했습니다. 쓰다보니 길어져서 한 시간 가까이 걸렸습니다. 새벽녘에 보냈는데, 답장을 기다리던 아들은 확인을 안 한 건지 못 한 건지 늦게까지 왔다갔다 인기척은 들리는데 핸드폰에는 여전히 읽지 않은 것으로 표시되었습니다.

마음이 쪼그라든 전 뜬눈으로 밤을 새웠습니다. 아침까지 안 읽길래 이 또한 아들의 의사표현이라 생각해 답장을 읽었는지 더 이상 묻지 않았습니다. 굳은 표정으로 일어나 말없이 밥을 먹은 아들은 나머지 식구가 자리를 뜨고 나서야 "엄마 제 문자 보셨어요?" 하고 물었습니다.

"답장하고 잤는데, 넌 안 읽더라."

"예? 그래요? 알림이 없어서 몰랐어요."

부랴부랴 제 방에 들어가더니 장문의 엄마 답장을 읽었는지 방문을 활짝 열고 나와서는 "엄마, 이리 오셔요." 하며 두 팔을 벌렸습니다.

전 헤벌쭉 풀어진 마음으로 아들을 부둥켜안았습

니다.

　쌍방 사과 문자로 우리는 닫힌 마음 열고, 다친 마음 안았습니다.🍷

나를 대접하는 술

책 출간을 앞두고 원고를 다듬으며 자기검열에 빠져 있는 제게 큰아들이 한마디 합니다.

"저는 엄마 책이 의미 있다고 생각해요. 남한테 해 끼치지 않으면서 술을 즐길 수 있으니까 좋은 거 아닐까요. 엄마는 그런 얘기를 하는 거잖아요."

가족 사이, 친구 사이 윤활유가 되기도 하고 속 깊은 얘기도 나눌 수 있다는 점에서도 그렇다는 겁니다. 죄책감이나 자책감 때문이라거나 누굴 비난하거나 상처 주려는 의도에서 마시는 술이 아니라면 괜찮은 것 아니냐고 반문하네요. 엄마가 쓰려는 술에 대한 얘기는, 오히려 과도한 죄책감에서 벗어나게 해준다고 합니다.

"당당히 자신을 위로하며 노고를 보상하는 차원에서 마시는 술은 참 좋잖아요. 부모님이나 어른이 권하는 술을 같이 마시는 자리도 저는 좋던데요."

녀석.

요즘 들어 눈에 들어오는 기사는 청소년과 여성 음주 문제가 심각하다거나, 술 마시고 저지르는 사건 사고 투성이인 탓에 저 스스로 주눅이 들어 술 얘기를 굳이 글로 풀어도 될까 의구심을 떨쳐버릴 수 없는 상태였거든요.

고맙다, 아들아! ❢

사랑이란

당신 앞에서
어쩔 줄 모르는 것

그저 좋아서
쩔쩔 매는 것 🍷

가지가지 세상

걱정근심은
오만 가지

내 시름은
가지가지

그래도 내 사랑은
마찬가지 🍷

혼자 술 마시는 여자

혼술 모자

  늦은 저녁 출출했던지 큰아들이 부엌 찬장을 이리저
리 뒤집니다. 한참을 들었다 놨다 하더니 번데기 통조
림을 집어듭니다.

  "엄마, 이거 먹어도 돼요?"

  "물론이지. 근데 그거 번데기탕으로 해 먹으면 더 맛
있는데."

  "안 그래도 엄마 저번에 혼자 드시는 거 보고, 먹고
싶긴 했어요."

  "그럼, 잘됐다. 이참에 엄마가 알려줄게, 이리 와."

  자, 먼저 통조림을 개봉해 냄비에 부어요.

  그 다음 물을 아주 조금 더 붓고 불을 당깁니다.

  여기에 양파와 대파, 청양고추를 넣어줍니다.

  칼도마 없이 귀찮으면 가위로만 잘라도 됩니다.

  고춧가루, 통깨, 매실액, 양조간장을 넣고 포르르 한

소금 끓여내면 끝!

"어때 쉽지?"

"이건 거의 요리 수준인데요."

어젯밤 아들은 행복한 혼술을 했나봅니다.

번데기탕 담은 그릇에 고추는커녕 고춧가루 한 점 남아 있지 않네요.

이렇게 혼술 모자가 탄생했습니다. 🍷

2 혼술은 그렇게 시작되었다

혼술은 그렇게 시작되었다

　스물아홉 살이 되던 해였습니다. 그 즈음에 텔레비전 드라마에선 유독 청춘남녀가 직장에서 일하고 사랑하고 회식자리에서 술 마시고 춤추는 장면이 넘쳐났습니다. 어린 두 아들과 씨름하며 시부모님과 같이 살던 제 이십대와는 아주 대조적이었습니다. 한 번도 나이를 의식한 적이 없었는데 그해엔 문득 '아, 내 청춘이 이렇게 저물어가는구나' 싶어 어찌나 아쉽던지……. 한편으론 일찍 시집 간 게 살짝 후회가 되기도 했습니다.

　신문기자로 바삐 일하면서 하루도 안 거르고 술자리를 갖던 남편과는 영 딴판이었지요. '술 마시는 게 예뻐서 결혼했다더니 이제 그 술은 나랑은 안 마시는구나' 생각이 거기에 미치자 남편이 누리는 자유가 마냥 부럽기도 하고 살짝 약이 오르기도 했습니다. 나도 술 잘 마시고, 잘 놀 수 있는데, 하면서요.

그러던 어느 날, 평소처럼 일찍 저녁을 먹고 아이들 잠자리에 드는 것을 챙기고 나서였습니다. 초저녁에 주무시는 어른들 방을 확인하고 집 앞 실내포장마차에 가서 소라 한 접시를 포장해 돌아왔습니다. 아이들과 부모님이 꿈나라로 가신 것을 확인하고 작은 주안상을 차렸습니다. 소라와 초장, 그리고 진열장에 모셔져 있는 양주 한 병을 몰래 꺼냈습니다. 두려움 반, 설렘 반으로 시작한 혼술. 맞습니다. 아마도 제 혼술의 역사는 그날 시작되었습니다. 한 잔을 겨우 입에 털어 넣었을 뿐, 더 이상 마시지는 못했습니다.

'내 청춘 돌리도!'

그렇게 시작한 혼술, 그때의 나에게 한마디 하고 싶습니다.

"경희야, 그래도 다행이야. 그 시절을 잘 버텨주고 아등바등 살아줘서 고마워."

홀로 노래방 원조는 나야 나!

결혼한 지 9년 만에 명예롭게 분가를 명 받았습니다.

시어른과 함께 살면서 첫 혼술을 한 지 얼마 되지 않아 진정 자유로운 저만의 세계에 빠져 있던 시절이었습니다. 서기 2000년, 방년 서른두 살의 처자(?)는 도도해진 취흥을 다스릴 길 없어 체면불구 동네 노래방으로 단신 출격했습니다.

시간은 오후 세 시쯤, 노래방 영업을 막 시작하려는 시간입니다. 사장님은 분주한 손길로 1번 방부터 열심히 청소 중입니다.

눈인사도 못하고, 30분만 할게요, 겨우 말을 꺼냅니다.

그렇게 계단 가까이(왜 동네 노래방은 죄다 지하에 있을까요) 한 방을 차지합니다. 그러곤 적어온 노래 한여덟 곡쯤을 노래방 기계에 예약합니다. 내 노래 가로

챌 이 아무도 없건만 주르르 번호 찾아 눌러놓습니다.

　이제 쇼 타임(show time)!!!

　실성한 듯 노래를 불러젖히고 절로 부끄러워 누가
볼세라 아까 그 계단을 휘적휘적 올라갑니다.

　+혼자 무언가를 할 때 눈치보는 사람들에게 한마디.

　어느덧 혼자 무언가를 하는 게 당당하고 부럽기까지
한 세상이 되었습니다. 혼밥, 혼술에 이어 혼영(혼자
영화보러 극장 가기), 혼여(혼자 여행하기)까지 남들
시선 의식하지 않고 먹고 마시고 놀고 여행하는 게 대
세인가 봅니다. 제가 '혼노족(혼자 노래방 가는 걸 즐
기는 사람)'의 효시라고 자부해도 될 듯합니다.🍸

선배는 이과두주예요

몇 해 전 대학원 후배 결혼식에 다니러 갔다가,

"언니, 난 대학원 시절 기억은 언니가 학교 앞 중국집에서 짜장면이랑 탕수육에 이과두주 사준 것밖에 기억이 안 나."

후배가 불쑥 꺼낸 말에 까마득히 잊고 지냈던 그 시절이 떠올랐습니다.

시부모님과 함께 살면서 아이 둘을 낳아 키웠습니다. 힘들면서도 행복했던 시간이었지요. 때로는 종종걸음을 치기도 하면서 예쁨받으려 애썼던, 배우는 것도 많았던 귀한 나날이었습니다. 두 아들이 어느 정도 자란 다음에는 살림에 보탬이 되고자 이것저것 알바를 시작했습니다. 자유기고가를 비롯해 대형슈퍼, 대기업, 신문사 주부통신원이며 방송위원회 모니터요원까지 한 해 동안 짬짬이 뛰어다니며 모은 돈이 1천만 원 정도 되었을 때였습니다. 저는 자동차 바꾸는 데 보태라며 남편에게 그 돈을 건넸습니다. 그게 감동이었던지 남편은 차 대신 제 재능을 위해 투자하라 했습니다.

대학 교육만으로도 충분하다 여겼던 저로서는 굳이 대학원에 가야 하는지 의문이었지만 저를 아끼는 마음만 보고 뒤늦게 모교 대학원에 들어갔습니다. 당시엔 서른한 살도 늦은 나이라 여겼고 직장을 갖고 있지 않았기 때문에 이왕 시작한 공부 되도록 빨리 마쳐야겠다는 생각에 나름대로 집중했던 것 같습니다.

그렇지만 공부에만 전념할 수 있는 후배들과 달리 저는 결혼해서 시부모님과 살면서 두 아이 키우느라 수업을 마치면 쏜살같이 집에 와서 아이들 챙기고 주부로 복귀했습니다. 물론 시어머니 도움이 없었다면 엄두도 내지 못했을 겁니다.

그래서 오전 수업 세 시간 마치고 나면 후배들과 밥과 술을 먹고 후다닥 일어서곤 했습니다. 싼값에 얼른 마시고 빨리 취기를 느낄 만한 술이 바로 이과두주였지요. 56도의 백주(白酒)가 목구멍으로 넘어가면서 짜릿한 기쁨을 선사했습니다.

얼굴 벌게진 후배들을 뒤로 하고 주섬주섬 가방을 챙겨 자리에서 일어서야 했던 이 언니 마음도 짠했습니다.

　애들아. 또 술 사줄게, 모여라! 🍷

키친 드렁커_20131018

어릴 적 엄마는
해질녘이면 망을 보셨습니다.

종일토록 먼지와 씨름하고
녹초되어 돌아오는 아버지 불호령
새끼들한테 떨어질까
구멍가게 문간에서
아빠 오신다, 소리쳤습니다.

우당탕퉁탕
가요톱텐 보느라 넋 빠진 삼남매
책 펴고 공부하는 척
빈 병이랑 종이 박스 가지런히 하는 척

고된 일 마치고 돌아온 아버지

불같은 꾸중 들을까

가겟집 삼남매와 그 엄마

이리 퉁탕 저리 퉁탕

부산을 떨었습니다.

이제는 시집간 딸

두 아들 엄마 되어

학교 갔다 돌아오는

제 자식한테 눈총 받을까

부랴부랴 탁자 밑 그늘에

반이나 남은 술병 숨깁니다.

아직 취기 안 올랐건만

저 술 다시 시작하면

돈 더 깨지겠네

아깝다. 🍷

다 가거든

학교 가기 싫다는 아들 둘 보내고
회사 가기 싫다는 남편 보내고
헬스클럽 땀 뻘뻘 한 시간 보내고
밀린 빨래 세탁기로 보내고
아침 반찬 안주로 채우고
나만의 자유시간
오, 예!!!🍷

편의점은 알고 있다

편의점은 다 알고 있다.

내가 뭘 좋아하는지
당신이 출근하며 사는 담배가 무언지
점심에 가끔 먹는 도시락이 뭔지

아침 몇 시에 운동을 가는지
돌아오면서 캔맥주를 사는지
막걸리나 소주를 사는지

그이는 한 번도 당첨되지 않는
연금복권을 매주 사 간다는 걸

옆 동 젊은 새댁은

남편 출근하고 나면

유모차에 아이 데리고 나와

편의점 앞 파라솔에 앉아

불닭볶음면으로 점심을 때운다는 걸

그 옆 동 여자는

남편 담배 자기 담배 두 갑씩

매일 사 간다는 걸

그 옆 동의 앞 동 아들은

쭈뼛쭈뼛 매대에서 겨우 찾은 콘돔을

부끄럽게 계산대에 올린다는 걸

다 알고 있지만

다 모른 체한다. 🍷

버킷리스트 채우기

첫 번째 미션은 당구장에서 짜장면 시키기.

뭔 마음인지 남자들이 흔히 하는 걸 꼭 해보고 싶었습니다. 평소 아끼는 동료이자 까마득한 인생 후배랑 그걸 해냈습니다. 탕수육도 시켰던 것 같습니다.

그 다음 미션은 당구장에서 술 마시기.

역시 해냈습니다. 당시 사무실 부근 당구장에서 거사를 치렀습니다. 충무김밥 사들고 사구당구 치며 김밥에 소주 한 병, 아니 두 병쯤 마셨나봅니다.

술은 달았고 김밥은 맛났습니다.

김밥에 소주 시키는 두 여자를

신기해(무서워?)하는 남정네들 시선을

자못 즐기며

해냈습니다.

혼술은 그렇게 시작되었다

뭐 별거 아니네요.

재밌었습니다. ♟

나 너 그리고 우리

내 맘이 한 없이 너그러워지는 시간

술이 술술 들어오는 시간

내 빈 잔을 말없이 채워주는 사람을

무조건 사랑하는 시간

그렇게 우리

하나 되는 순간 🍷

이거 며칠에 드세요?

분리수거를 마치고

집 앞 편의점에 들렀습니다.

사장님이 처음으로 묻습니다.

"이거 며칠에 걸쳐 드세요?"

그동안은 일체 내색하지 않더니 오늘은 무슨 일일까. 순간, 솔직히 말할까 에둘러 말할까 살짝 망설였습니다.

이윽고

세계맥주 오백미리 네 캔을 들어올리며,

"한 번에 먹지요. 가끔 모자라기도 해요."

슬쩍 계산대에 있는 사장님 눈치를 보았습니다.

그분이 웃네요.

"전 술을 전혀 안 했는데, 요즘 들어 먹고 싶더라구요.

그래서 한 번 먹었는데 기분이 좋아지네요.

그 뒤로 종종 마셔요."

볼이 발그레해지며 활짝 웃습니다.

그가 웃으니 저도 스르르 무장해제 되고 맙니다.

이렇게 술벗이 생기는 건가요?🍷

혼술은 그렇게 시작되었다

술 부르는 음식

큰아들과 점심을 먹었습니다.
새로 밥 짓고
반찬 두 가지 만들었습니다.

아들이 말합니다.
엄마 음식은 소주 세 병쯤 부른다고.
맛있게 먹기 위해 술이 필요하다고요.

공부하러 가는 아들한테 미안하네요. 🍷

혹시 다정하였거든

나 오늘
혹시 다정하였거든
술 취한 줄 아소.

나 오늘
혹시 교태부렸거든
술 취한 줄 아소.

나 오늘
혹시 곰살맞았다면
술 취한 줄 아소.

나 오늘
혹시 사랑한다 말했다면

대취한 줄 아소.

그대 오늘
혹시
불덩이 같은 문자 받았다면
나 만취한 줄 아소.🍷

3 　　　　　　　　　　묵은지 사랑

묵은지 사랑

먹을거리를 둘러싼 방송, 일명 '먹방'이 어느 사이엔가 우리 텔레비전 프로그램을 점령하고 있습니다. 특별하고 맛난 먹을거리를 찾아 떠나는 음식 탐험 프로그램은 과거에도 종종 있었지만 최근처럼 음식을 직접 만들고, 요리 대결을 펼치고, 냉장고를 뒤지고, 시골집을 찾아가 삼시세끼 '집밥'을 만들어 먹는 모든 과정을 비교적 가감 없이 방송을 통해 중계하는 경우는 드문 현상입니다.

바야흐로 의식주(衣食住)가 아닌 '식의주(食衣住)'의 시대인가 봅니다. 그 가운데 묵은지를 갖고 만들 수 있는 다양한 음식을 소개하는 방송을 보다가 문득 묵은지와 인간, 묵은지와 살림, 묵은지와 우리 삶으로 생각이 끊임없이 펼쳐졌습니다.

묵은지는 말 그대로 담근 지 일 년이 넘은 김장김치

를 말합니다. 보통 '군내'라는 발효음식 특유의 역한 냄새가 나기도 하며, 빛깔까지도 먹음직스러움과는 거리가 멀어 선뜻 젓가락 가기 힘든 음식이지요. 간혹 발효 상태와 저장 방식 등에 따라 음식이라기보다 음식쓰레기에 가까운 골칫거리가 되기 십상입니다.

그런데 TV에서 한 요리사가 묵은지 감별하는 법을 알려줍니다.

그냥 먹을 만한가? 아니면 반드시 물에 잘 헹구어야만 먹을 수 있는가? 이렇게 크게는 두 가지로 나뉩니다. 담근 지 오래 되었다고 해서 꼭 박박 빨아 요리하는 것만은 아니었습니다. 반대로 겉보기에 그럴듯해도 맛을 보면 평가가 달라지는 경우도 있습니다.

우리 인간도 비슷한 방식으로 나누어질 수 있지 않을까 하는 생각이 들었습니다. 외면은 화려하지만 막상 사귀어보면 공허한 사람, 겉은 초라해도 맛과 향기가 깊고 그윽한 사람, 겉과 속이 한결같은 사람이 있습니다.

문득 돌아가신 할머니가 떠올랐습니다. 하얀 곰팡이가 다닥다닥 피어올라 도저히 못 먹을 것 같은 묵은지 한 포기라도 버리지 않고 흐르는 물에 몇 번이고 빨아서 김치만두로, 비지찌개로 새롭게 만들어주시던 우리 할머니. 거북이 등가죽처럼 거친 손으로 맛난 음식을 재창조해주신 할머니. 비록 천덕꾸러기 취급을 받는 묵은지일지라도 그 감별 기준은 버릴 것인가 쓸 것인가가 아니었습니다.

그냥 있는 그대로 먹을 것인가, 아니면 속을 털어내고 깨끗이 빨아서 먹을 것인가 이 두 가지였습니다. 취사선택이 아니라 버리지 않는 것입니다. 어떻게 잘 쓸 것인가입니다. 식재료에 대한 마음가짐을 보면서 그 요리사와 우리 할머니, 나아가 제 모습을 살펴보게 되었습니다.

좋은 것만, 쉽고 편한 것만, 화려한 것만 취하고 그렇지 않은 것들은 함부로 대하거나 버렸던 것은 아니었을까. '살림살이'한다는 주부가, 정작 살리는 일이 아닌, 버리는 일, 죽이는 일을 거리낌 없이 해왔던 것은 아닐까.

참, 한 가지 군내의 주범을 빼먹었습니다. 바로 김칫소입니다. 마늘, 파, 고춧가루, 생강, 젓갈, 생새우, 갓,

설탕 같은 갖은 양념이 그것입니다. 김칫소는 처음엔 제각각 용도에 맞게 양념으로서 꼭 필요한 역할을 했을 것입니다. 그러다 그 초심을 잃게 되면서 악취를 일으키고, 먹을 수도 버릴 수도 없는 천덕꾸러기로 전락하고 맙니다.

김칫소를 과감히 털어버리면, 우리 마음에 찌든 묵은 때를 벗겨버리면 어떻게 될까요. 깨끗이 빨아 손질한 묵은지를 돼지앞다리와 함께 푹 지지면 정말 맛납니다. 묵은지찜은 두고두고 먹을 수 있을 뿐만 아니라 시간이 지날수록 더 맛있습니다. 만날수록 깊은 맛이 우러나는 묵은지찜 같은 사람이 되고 싶습니다.

쓸모 있는 사람이 되는 것은 물론 중요하지요. 저도 그런 사람이 되고 싶습니다. 그러나 그 이전에 '나는 누구를 만나든지 그 쓸모를 발견하고 살리는 일을 하고 있을까' 하고 자문해봅니다.

행색이 초라하다고, 말투가 어눌하다고, 허물이 있다고, 실수를 저질렀다고, 혹은 거꾸로 화려한 외모와 지식과 선행에 눈이 어두워지고 귀가 멀게 되어 그 사람의 진면목을 알아차리지 못할까봐 두렵기도 합니다.

그 사람 마음에 깃들어 있는 하늘의 마음, 하늘의 소리를 놓칠까봐 겁이 납니다.

하지만 이렇게 두렵고 겁이 나는 마음을 계속 간직하려 합니다. 지혜가 깊지 못한 제가 한 걸음씩 다가가다보면 어느 새 그 앞에 서서 지혜의 문을 두드리고 있을 거라 믿습니다.

젊은이를 대하는 자세

새하얀 얼굴, 새빨간 립스틱, 먹빛으로 칠한 눈썹까지
화장을 진하게 한 여자 중학생이 가게에 오면,
"입술 색깔 참 예쁘다!"

"어머! 고맙습니다."

가게 안에서 물고 빠는 대학생 커플을 보고는,
"둘이 참 잘 어울리네."

"아, 예. 고맙습니다."

편의점 최고령 알바이신 우리 엄마도 처음엔,
"화장 안 해도 예쁜데 왜?"
"쯧쯧쯧!!!"

하셨답니다.

그 순간 소통이 불통이 되고
잔소리하는 할머니밖에 안 된다는 걸 아시고는
다음부턴 있는 그대로 그 모습을
어여쁘게 보기로 하셨답니다.

저도 울 엄마 따라서
곱게 이쁘게 보기로
굳게 마음먹었답니다.🍷

우리 엄마 김초자 여사

"밥 풀 때가
제일 행복해

구수한 향기
주걱에 묻은
밥풀 잡곡
떼어 먹는 재미

밥 없이
어떻게 살까

엄마 생각이다
우리 딸?"

카톡 메신저 타고

또로롱

엄마 소식
술잔에 떨어졌습니다.🍷

묵은지 사랑

아니, 어떻게 아셨어요?

그 고된 2박 3일 김장을 마치고
밥상머리에서,

"야, 너 되게 행복해 보인다."
시어머니 말씀에,

"아니, 어머니! 저 행복한 줄 어찌 아셨어요?
그렇게 티 나요?"

까르르 까르르 웃었습니다. 🍷

울 엄마도 드디어 혼술의 세계로

오늘 막내 동생 생일입니다.

낳느라 고생하신 엄마는
스스로 위로하는 혼술을 하셨네요.

배추전 한 닙데기 지져서
아부지 담가두신 오가피술이랑
한잔하셨답니다. 🍷

고마움에 겨운 낮술

며느리 셋
시어머니와 기울인 술잔

소주에 맥주에
곱창 막창 대창
간, 처녑까지

심장 수술로
생사 오가던 어머니와
다시 만난
기쁨과 고마움에
술잔 부딪치며
찬, 찬, 찬!🍷

난 술이 있건만

허구한 날 아버지랑 다투신 후
장바닥으로 향하시는 엄마
답답한 가슴
무엇으로 달래시려나

네가 잘했니 내가 잘했니
서로 다른 기억
각기 다른 공치사

내 맘은 뉘 알아주려나
휘적휘적 구루마 끌고 장에 가십니다.

열무랑 얼갈이랑 신고
고추 갈고 마늘 갈고

마음마저 갈아 버무립니다.

딸아
엄마는 마음 이리 달랜다.
맛나겠지? 🍷

그럼에도

술 취한 엄마 얘기
끝까지 들어주고
포옹해줘서
고마워, 아들! 🍷

엄마의 새끼사랑

밉지 않은 것!
싫지 않은 것!
귀찮지 않은 것!

늦은 밤 귀가한 아들과 남편

아들: 엄마, 배고파!

나(엄마): 자다가도 벌떡 일어나

오, 그래. 뭐 해줄까?

남편: 여보, 출출한데 뭐 없을까?

나(아내): 깨어 있다가도 죽은 척 🍷

묻고 또 묻고

"어머니, 오이 반 접 샀는데요. 오이지 어떻게 담그는지 또 잊어버렸어요. 가르쳐주세요."

"얘, 오이지를 여태 안 담갔니? 아 그건 국 대접 수북이 소금을 풀어 한 솥 끓여서 펄펄 끓는 채로 오이 담은 통에 부으면 된다."

"오이는 씻어야 해요?"

"안 씻어도 상관없다. 그래도 맛있으니 걱정 말아라."

"아, 예. 그렇군요. 저는 매번 잊어버려요. 어머니 고맙습니다. 하다가 헷갈리면 또 전화드릴게요."

얼마 전 동네 슈퍼에서 오이 반 접을 사 온 다음 인터넷 검색하기 전에 시어머니께 먼저 전화를 드렸습니다. 안부도 여쭐 겸 오이지 담그는 법도 여쭤볼 겸 해서였습니다. 전화드린 지 오래여서 야단맞을까봐 미리 선수를 쳤습니다.

이게 어떠냐고, 이게 괜찮냐고, 이러면 맞냐고, 이렇게 해도 좋으냐고 끊임없이 여쭤봐야 합니다. 아이에게 물어보고, 젊은이에게 물어보고, 어르신에게 물어보고, 지나가는 나그네에게도 물어볼 수 있으면 물어봐야 합니다. 예의 달인인 공자도 상황에 따라 물어보고 또 물어보았다고 합니다. 풍습과 관례를 최대한 존중하면서 그렇게 했다네요.

칠십을 훌쩍 넘긴 최고령 편의점 알바생인 울 엄마도 모르면 초등학생 손님에게도 기꺼이 물어보십니다. 나 좀 가르쳐달라고.

살림 경력 26년차인 저도 알면서도 묻고, 해봤으면서도 묻고, 배우려고 기를 씁니다. 〈집밥 백선생(tvN)〉에게 배우고, 〈최고의 요리비결(EBS)〉에서 배우고, 〈생생정보통(KBS)〉에서 배우고 〈속풀이쇼 동치미(MBN)〉에서 배웁니다. 친정엄마한테도 시어머니한테도 여쭙습니다.

묻다보면 가까워지고, 묻다보면 눈 마주치게 되고,

묻다보면 웃게 되고, 묻다보면 고마워하게 됩니다.

　내가 하려는 행동이 도리에 합당한지 이치에 맞는지 상식에 부합하는지 양심에 부끄럽지 않은지 당신에게 묻고, 그에게 묻고, 그 옆의 그에게 묻고 또 묻고, 다시 나에게 물어봐야 합니다. 그래도 거리낌이 없다면, 그래도 괜찮다면, 그래도 누군가에게 상처주지 않는다면, 그래도 어느 사람의 마음을 할퀴지 않는다면 조심스레 또 조심스레 겨우 겨우 말하고 움직일 수 있습니다.

절값

"젊은이한테 인사 받고 싶으면
먼저 인사하면 되지."

저희 할머니는 늘 그리 말씀하시고
몸소 다가가셨습니다.

요즘 젊은 것들
인사할 줄 모른다고
혀를 끌끌 차는 대신에
당신은 그리 하셨습니다.

인사를 왜 안 하냐고 물어보면
대개 비슷한 답을 합니다.
용기 내서 인사했는데

쌩 하니 무시당했다든가
뭐 그런 일이 쌓이고 쌓인 탓이라네요.

옛날 어르신들은
젊은이가 절을 올리면
항시 절값을 주셨다고 합니다.

가장 대표적으로 남아 있는 전통이
바로 혼인하고 나서
양가 어르신께 절하고 받는
폐백 절값입니다.

절은 그런 겁니다.
웃어른께 드리는 인사는
공짜가 아니었습니다.

그러니 인사받고 싶으면
절값을 준비하든지
아니면

울 할머니마냥

먼저 웃으며 인사하면 그뿐 아닐까요?🍷

혼자 술 마시는 여자

야, 너 왜 안 마시니?

　세월은 어느 새 흐르고 흘러 저도 두 아들 키우는 어미가 되고 시댁 짬밥도 늘어나 말에 조금 힘이 생겼습니다. 그리도 무섭고 어려웠던 시어머님과 마주 앉아 술잔을 주고받게 되었으니까요. 명절이나 제사에는 늘 시댁 대표 음식인 녹두전을 부칩니다. 시어른 두 분 다 이북이 고향입니다.

　시어머님 농사지은 녹두를 물에 불렸다가 곱게 갑니다. 여기에 묵은김치, 돼지고기(갈지 않고 꼭 손으로 썰어 넣습니다. 그래야 씹히는 맛이 좋습니다), 고사리, 숙주, 대파, 마늘, 참기름, 소금 조금 넣어 밑간해 버무려놓은 걸 섞어 뜨겁게 달군 팬에 기름 넉넉히 두르고 앞뒤로 지져 냅니다. 녹두가 없을 땐 동부로 대신합니다. 그 고소함이 기름을 만나면 정말 끝내주는 냄새가 집안을 가득 채웁니다. 조상님께 올리기 전에 당신 직

0 9 1
　묵은지 사랑

권으로 산 자식들부터 먹는 게 저희 집 전통입니다.

술상은 간단합니다. 갓 만든 양념장과 새로 꺼낸 물김치나 배추김치를 곁들이면 그만입니다. 시어머니는 백세주나 매실주를 좋아하시지만 요즘은 '소맥' 맛에 흠뻑 빠지셨습니다. 특히 막내아들인 제 남편이 말아드리는 '답십리표 황금비율 소맥'을 제일로 쳐주십니다.

부침개 준비하기 전에 어머님이 먹어보라 주신 고구마말랭이며 손수 만들어두신 인절미를 잔뜩 먹은 탓에 전도 술도 선뜻 입에 대지 않고 있을라치면 꼭 한 말씀 하십니다.

"야, 왜 술 안 마시냐?"

"예, 어머니! 제 잔 여기 있습니다."🍷

갈무리

음식을 밥상에 올리는 것 못지않게
상을 잘 물리는 것도 중요합니다.

친정어머니가 늘 강조하셨지요.

지난번 속초시장에서 사온 낙지오징어젓갈을
맛나게 먹고 숟가락으로 다독다독
예쁘게 갈무리해줍니다.
그래야 다음 먹을 사람이 기분 좋아집니다.

세상이 삭막합니다.
누군가가 말 갈고리로 글 칼로
마구 헤집어놓고 파헤쳐놓은 마음을
또 누군가는 토닥토닥 쓰담쓰담

안아주고 품어줍니다.

저도 그리 살고 싶습니다.
마음 갈무리, 사랑 갈무리.🍷

4

경희야, 쓰리썸이 뭐냐

주신(酒神)이 주신 사랑

"나는 너희들을 사랑으로 키우진 못했어."

지난번 둘째아들이 프랑스에 교환학생으로 가게 되어 외가에 인사드리러 갔을 때 우리 아버지께서 불쑥 꺼내신 말씀입니다.

제가 초등학생일 때 어느 날엔가 아버지한테 처음으로 큰 매를 맞은 적이 있었습니다. 저는 그 일이 크게 마음에 남아 있지 않았는데, 아버지는 두고두고 다 큰 제게 여태까지 미안해하십니다.

친구들과 어울려 다니면서 맛있는 것 같이 먹는 걸 좋아하던 어린 경희는 그날따라 통 크게 우리 가게 돈통에서 제법 큰돈을 훔쳐 윗동네 가게에서 친구들과 과자며 주전부리를 사 먹다가 한 친구가 아버지께 알리는 바람에 엄청 혼이 났습니다.

얼마나 화가 나셨는지 심하게 매를 때리셨던 것 같

경희야, 쓰리썸이 뭐냐

은데, 하나도 아픈 기억이 없습니다. 때리는 아버지가 훨씬 더 속이 상하셨던 것이지요. 멍든 곳에 안티푸라민을 발라주셨던 것과, 미안하다며 박카스 한 병을 따주셨던 기억은 선명히 떠오릅니다. 그때부터였던 것 같습니다. 제가 박카스를 좋아하기 시작한 것이요.

지금도 누군가 박카스를 건네면 얼른 받습니다. 박카스는 제 몸뚱이에 든 푸른 멍처럼 아릿하니 차오르는 아버지의 사랑이기 때문입니다. 쓰리고 화끈하면서도 끈적끈적 묻어나는 걱정이고 회환이기 때문입니다. 또한 바쿠스이자 디오니소스인 주신(酒神)이 주신 사랑이기도 합니다.

요즘은 박카스 대신 아버지가 직접 담그신 술을 건네주십니다.

"난 돈은 물려줄 게 없다. 아버지 세상 뜨고 나면 이 술 먹으면서 많이 울라고 그러는 거야. 하하하!"

농 반 진 반 하시는 말씀에 딸내미 가슴은 무너집니다. ▮

진작 아버지 말씀 들을걸

　중학교 2학년 때였습니다. 학생회장 선거가 있었는데, 예상과 달리 셋방살이하던 구멍가겟집 딸내미였던 제가 당선이 되었습니다. 정말 기쁘고 가슴이 벅찼습니다. 앞으로 조회 때를 대비해 체육 선생님께서 "전체 차렷! 교장 선생님께 대하여 경례!" 같은 구령 연습도 시켜주셨습니다.

　드디어 3학년 새 학기가 시작되었습니다. 평소에 아버지는 도서관과 예배당에 가는 것을 극구 반대하셨습니다. 이유는 딱 한 가지였습니다. 공부에 방해된다는 것이었죠. 그런 곳은 연애질하는 곳이라고 절대 허락하지 않으셨습니다. 원래 반대하면 할수록 더 하고 싶어지는 게 인간 심리인가 봅니다. 아버지 몰래 두 곳을 다 다녔습니다.

　우선 예배당은 초등학생 때부터 아버지 허락 없이

다녔습니다. 정신적, 영적 갈증을 어렸을 때부터 많이 느꼈던 제게 가까이에서 찾은 개척교회는 나름 적지 않은 부분을 채워주었습니다. 비닐장판 깔려 있는 맨 바닥에서 기도하고 찬송가 부르고 성경 공부하면서 학교와 가정에서 결핍된 것들을 하나씩 배우고 채워나갈 수 있었습니다. 다행인지 불행인지 교회에서는 아무 사건도 일어나지 않았습니다.

복병은 바로 도서관이었습니다. 제가 살던 용인엔 군립도서관이 있었습니다. 공부는 학교랑 집에서 하는 거라시며 도서관에 다니는 것을 애초부터 금하셨던 아버지 명을 어기고 새 학기 새 기분으로 룰루랄라 도서관으로 향했습니다.

첫날 설레는 맘으로 자리를 잡고 공부를 시작한 지 한 시간도 못 되어 제게 쪽지 한 장이 건네졌습니다. '아, 역시 아버지 말씀이 딱 맞네' 가슴이 콩닥거렸습니다. 남학생한테서 온 것이었습니다.

그런데 예상과 달리 저랑 사귀자는 게 아니었습니다. 6학년 때 다른 반 반장이었던 그 학생이 연합 동창회를 하자고 제안한 것이었습니다. 저는 6학년 6반 반장, 그 아이는 4반 반장이었습니다. 용인초등학교는 5학년 때부터 남자와 여자 반을 분리해서 1반부터 4반까지는 남자, 5반부터 7반까지는 여자였습니다. 그 당시 세상은 왜 그리 매정했던지요. 한창 호기심 많은 아이들을 뭔 명목으로 갈라놨는지, 안 그래도 중학교 고등학교를 따로 다녀야 했는데 말이죠.

대학생이 되면 학기 초에 많이 하는 남녀 고등학교 연합 향우회 같은 모임을 1982년 당시 중학생이 모의했던 것입니다. 그렇게 성사된 초등학교 연합 동창회는 성황이었습니다. 두 반 담임선생님을 모시고 학교 운동장에서 게임도 하고 다과도 나누고 인기투표도 하며 재미있게 보냈습니다.

사달은 다른 곳에서 터졌습니다. 원래 도시보다 촌에서 더 화끈하게 노는 법입니다. 우리는 중학생이었지만 두 분 선생님 허락 아래 맥주 서너 박스를 준비해 흥겹게 마시고 놀았습니다. 얼마 후 두 분은 너희끼리 재밌게 놀다 가라며 자리를 뜨셨습니다. 그런데 초등학교 담장 너머로 우리의 모습을 지켜본 학생이 있었습니다. 술이 있는 걸 발견한 그 아이가 학생주임 선생님께 알리면서 일이 커졌습니다. 그것도 학생회장이 그러고 있다고 말이죠.

눈앞이 캄캄해진 저는 어떻게 이 사태를 헤쳐나갈까 고심하다 한 가지 생각이 떠올랐습니다. 빨리 두 분 담임선생님께 구조 요청을 해서 그 상황을 설명해주시도록 부탁드렸습니다. 그것만으로는 턱없이 부족한 듯싶어 동창회에 같이 간 우리 반 친구 모두에게 반성문을 쓰자고 해서 학생주임 선생님께 드렸습니다.

제 딴에는 징계나 처벌을 받기 전에 취할 수 있는 모든 것을 해본 셈입니다. 해명과 진심이 전달되었는지 그 일은 무사히 마무리되고 저도 학생회장으로서 더욱 충실히 생활하려 애썼습니다. 너그러운 마음으로 이해해주시고, 벌보다 큰 가르침으로 용서해주셨던 여러 선생님께 이제라도 고마운 마음을 전해드립니다.

아버지 말씀 거역한 벌을 톡톡히 받았던 사건이었습니다. 그럴 줄 알았으면 아버지 말씀 단단히 들을걸 그랬습니다. 🍷

아버지 만세!

어느 날
아버지가 핸드폰을 없애셨습니다.

생전 전화하는 자식새끼 하나 없고
맨 이상한 전화만 오니
나 이제 이거 필요 없다
선언하시더니

집 전화 코드도 뽑아버리시고
인터폰 수화기도 잡아 빼셨습니다.

아버지 뵈려면
무조건 찾아가야 합니다.
벨 누르지 말고

문 두드려야 합니다.

노여움 풀어드리려
맘 두들겨야 합니다.

울 아버지 만세!!!🍷

경희야, 쓰리썸이 뭐냐?

얼마 전 친정에 갔을 때 일입니다.

점심을 먹고 나서 대뜸 아버지가 묻습니다.

"경희야 넌 쓰리썸이 무슨 말인지 아니?"

순간 전 제 귀를 의심했습니다.

팔십 넘긴 시골 노인네께서 '쓰리썸'이라 똑똑히 발음하시니 놀라지 않을 수가요.

대꾸할 말을 못 찾아 가만히 있자니

아버지가 다시,

"자꾸 쓰리썸을 연결한다는데, 도통 뭔 소린지 모르겠다. 경희 넌 아나 싶어서."

휴우!

그제야 짐작이 갔습니다.

"아빠, 혹시 소리샘 아니에요?"

"느그 엄마한테 전화를 했더니 자꾸 쓰리썸을 연결

한다는 거야. 일곱 번이나 전화해도 받지도 않고."

"그럼 두 분 전화기 제게 줘 보세요."

전화를 걸어봤더니 역시나 쓰리썸에 연결한다고 나옵니다. 그것도 낯선 여자 목소리로 말입니다. 하하하!

엄마 전화기를 보니 아니나 다를까, 아버지 번호를 수신차단해 놓으셨네요. 일부러 그러신 건 아닐 텐데, 엄마 설명이 그럴듯합니다.

"당신이 나한테 너무 자주 전화하니까

통신사에서 자동으로 전화를 끊어버린 거라구요."

수신차단 해제해 드리고 소리샘에 대해 알려드리고 나서 이 사태를 해결했습니다. 다행히 쓰리썸이 뭔지 일언반구도 더할 필요가 없었습니다. 두 분은 아마 그런 말이 있는지조차 모르실 테니까요. 휴우~~~🍷

어른들 말씀의 겉과 속

죽고 싶다 → 오래 살고 싶다

밥 생각 없다 → 맛난 것 해다오

저녁은 건너뛰자 → 국수라도 말아 먹자

난 그런 거 필요 없다 → 이왕이면 좋은 걸로 마련해다오

자주 올 필요 없다 → 많이 보고 싶다

나 죽으면 제사 지내지 마라 → 나를 잊지 마라

새 옷이 뭐가 필요해 → 나도 꼬까옷 입고 싶다

친정 부모님 뵙고 돌아오는 길

점심 먹으며 두 분이 번갈아 들려주신 말씀입니다.

때론 청개구리처럼 해야 하나봅니다.

개굴개굴 개굴개굴🍷

아부지를 배신한 죄

매일 마시던 술
며칠 건너뛰었더니
배탈이 난 것 같아
다시 담금주 흡입하고
폭풍 걸레질 했더니
한결 나아진 것 같아요.

아버지, 죄송합니다.
여름내 편의점 세계맥주만 들입다 마시고
아부지 담가 주신 술을 외면했나이다.

배앓이는
혈중 알코올 농도 부족과
아부지 사랑을 배신한 벌이었습니다.🍷

혼자 술 마시는 여자

반주 예찬

키친 드렁커가 되고 보니
반주야말로
음식에 대한 사랑이고
고단한 삶에 대한 헌사이며
같이하는 이들에 대한 응원이 아닌가 싶습니다.

낯선 이들과 첫 대면하는 자리에서
누군가 술을 사랑하고
반주를 즐겨 한다는 말만 들어도
일단 반갑습니다.
엄청난 동지애가 샘솟습니다.

스무 해가 다 돼가는 시아버님 기일이
곧 돌아옵니다.

경희야, 쓰리썸이 뭐냐

어린 며느리 예뻐해주셨는데
생전에 좋아하시던 반주
함께하지 못한 게 못내 아쉽습니다.

아버님!
제 술 한 잔 받으셔요.
많이 늦었습니다.🍷

경희야, 저번에 준 술 다 먹었니?

어제 아버지를 뵈러 갔습니다. 요즘엔 한 주 걸러 용인 친정에 갑니다. 저번에도 태화산에서 캐신 당귀로 술을 담가 주셨는데, 이번에는 그보다 더 큰 병에 담가 두신 당귀술을 주셨습니다. 여자한테 특히 좋다고, 사위는 손도 못 대게 단속을 하십니다.

딸내미더러 술 조금만 마시라시며 새로 딴 술을 한 고뿌 따라주십니다. 옆에서 엄마는, 나 팔십 넘으면 아껴 먹으려 했는데 왜 그걸 주냐며 한 말씀 하시네요.

두 분 다 다행히(?) 술을 잘 못 드십니다. 그러거나 말거나 아버지는 딸내미 잔 비우기만 기다리십니다. 엄마랑 반반 갈라 마셨더니 또 한 잔을 따라주려 하십니다. 그만 마신다 했더니 서운해하시는 표정이 역력합니다.

술 살살 먹으려는데

도무지 도와주시질 않는 내 복이여!

울 아부지 최고. 하하하!🍷

내리사랑과 치사랑

"경희야 이리 좀 들어올래?"

지난 설에 세배드리러 간 날 아버지가 저를 방으로 부르셨습니다. 영문을 모르고 따라 들어갔더니 아버지는 말없이 제 손을 잡아 아버지 바지주머니로 가져갔습니다.

무심코 손을 넣어보니 오른쪽 주머니에 큰 구멍이 나 있었습니다. 아차, 싶었습니다.

"물건 하나를 고르더라도 꼼꼼히 봐야 한다."

그 말씀뿐이었지만 저는 너무 부끄러워 아버지 바지 속에 숨고 싶을 지경이었습니다.

친정에 다니러 갈 때는 제 딴에 용돈 담은 편지로 그

때그때 자식 된 도리 다했다 여겼습니다. 그게 얼마나 생각이 짧고 부족한 마음이었는지 그렇게 들통이 나고 만 것이었습니다.

나를 위해 사치하지 않는다고 속으로 뻐기고 있었습니다. 그러면서도 내 새끼들 것은 아껴서 최대한도로 챙겨준다고 으스대고 있었습니다. 자식 옷 남편 옷 사다 겨우 마음이 아버지한테 닿아 매대에 누워 있는 누비바지 하나 사 드렸는데 그게 그만 그 꼴이 났습니다.

내리사랑은 있어도 치사랑은 없다던 옛말이 그르지 않은가봅니다. 이제부터 눈곱만큼이라도 아버지 주신 사랑에 보답하고 싶습니다. 복(福)은 흐르는 물과 같다고 했습니다. 위에서 내려오는 것이지 아래에서 올라가는 것이 아니라고 했습니다. 내 새끼 사랑하는 십분의 일이라도 부모님을 생각하렵니다. 아직 너무 늦지 않아 참으로 다행입니다. 🍷

야단맞고 싶은 날

어릴 땐
혼날 일에 야단맞지 않고 넘어가면
휴, 다행이다 했습니다.

이제 어른이 되어
걱정 들을 일을 해도
괜찮아, 다 잘될 거야 이러면
더 마음이 불편하고 불안해집니다.

오늘은 누군가
온종일 쫓아다니며 잔소리하고 야단치고
걱정해줬으면 참 좋겠습니다.

야단맞고 싶은 날입니다. 🍷

정희야, 쓰리썸이 뭐냐

5   혼술이 좋은 열 가지 이유

혼술이 좋은 열 가지 이유

혼자 마시는 술이 좋은 이유를 꼽아 보았습니다.

첫째, 나만의 해방구에서 자유를 만끽할 수 있습니다. 눈치 볼 사람이 없습니다. 한껏 차려입지 않아도 됩니다. 시끄러운 옆자리 손님 탓에 짜증이 날 일도 없습니다. 퇴근하고 나서든 집안일 하는 중이든, 홀로 있는 시간은 온전히 나와 술, 단둘입니다.

둘째, 남에게 해를 끼치지 않습니다. 그저 스스로를 희롱할 뿐입니다. 집 밖에서 술자리에 어울리다보면 흔히 1차, 2차 술집 순례를 하게 되고, 종종 음주운전의 유혹을 떨치기 어렵습니다. 음주운전을 막지 못한 사람도 방조한 죄로 처벌을 받는 세상입니다. 귀갓길에 버스나 지하철에서 추태를 보이거가 민폐를 끼치지 않아도 됩니다.

셋째, 유혹에 빠져 사고 칠 일이 없습니다. 남에게 수

작을 걸거나 집적거리지 않아도 되어 품위를 지킬 수 있습니다. 성희롱이니 성추행이니 온갖 추문에 곤혹스러울 일이 없으니 좋습니다. 그릇된 술자리 문화와 추악한 관행, 각종 성차별적 갑질과 권위적 행태, 온갖 위선과 폭력으로부터 자신을 지킬 수 있습니다.

넷째, 경제적입니다. 밖에서 먹는 술에 비해 돈이 훨씬 덜 듭니다. 동네 가게나 편의점에서 할인하는 맥주나 소주, 막걸리를 사서 마시면 밖에서 먹는 돈의 반도 안 듭니다. 종종 부모님이 담가 주신 약술이나 자기가 직접 담근 술을 마시면 훨씬 더 아낄 수 있습니다. 안주는 아침에 먹던 반찬이면 충분합니다. 물론 대리운전 비용이나 택시비 절약은 두말하면 입 아픕니다.

다섯째, 집안일이나 업무가 잘 되고, 스트레스가 확 줄어듭니다. 식구들 상 차리느라 분주할 때, 밀린 청소와 옷장 정리할 때, 업무기획서나 보고서가 꽉 막혀서 진척이 없을 때, 홀로 창밖 바라보며 술 한잔 할라치면 마음에 여유와 편안함이 생깁니다. 레인지후드 찌든 때, 욕실 타일 사이 묵은 때도 벅벅 문지를 수 있을 만큼 힘이 용솟음치고, 좁은 시야에 갇혀 보이지 않던 일에 큰 그림이 그려지기도 합니다.

여섯째, 시비(是非)와 곡직(曲直)에 휘둘려 마음 상하지 않아도 됩니다. 특히 바깥에서 남들과 어울려 술을 마실 때, 사소한 일로 논쟁 아닌 언쟁을 하게 되는 경우가 많습니다. 나이가 들수록 대개 편협한 똥고집도 커지기 마련이어서 쉽사리 노여움을 타곤 합니다. 독작(獨酌)을 하면 스스로를 돌아볼 뿐, 남들과 오해와 분노를 주고받지 않을 수 있습니다. 옳고 그름을 목숨 걸고 가리고 싶어 하고, 네 편인지 내 편인지 따지기에 혈안이 된 피곤한 세상을 잠시 피할 수 있습니다.

일곱째, 가족이나 주위 사람에게 한없이 너그러워집니다. 웃음이 헤퍼지고, 사랑이 헤퍼지고, 평소라면 절대 불가능할 애교 역시 헤퍼집니다. 일 마치고 돌아오는 남편이나 학교 파하고 돌아오는 아이들에게 맨 정신에 하지 못하던 사랑 고백도, 포옹도 덥석 할 수 있습니다.

여덟째, 취기가 오르면 시인이 되고 예술가가 됩니다. 취흥이 도도해지면 일필휘지(一筆揮之)로 그림을 그릴 수도 있고, 감성이 하늘로 치달아 영감을 받는 날이면 근사한 시 한 편이 탄생하기도 합니다. 그도 아니면 다정한 문자 메시지로 서운해하시는 시부모님, 친정 부모님 마음을 풀어드릴 수 있습니다.

아홉째, 감정이입의 대가가 될 수 있습니다. 혈중 알코올이 어느 정도에 이르면 주위 모든 사물과 대화가 가능해집니다. 텔레비전은 그 첫 번째 친구이고, 라디오, 핸드폰 나아가 냉장고와 세탁기에 이르기까지 혼술로 누릴 수 있는 대화의 영역은 무궁무진합니다. 설거지하다가 수세미 마음도 들여다보고, 빨래하다가 고무장갑에게 고마워하는 마음도 고백할 수 있습니다. 집 안의 사물에 지루해질 즈음, 시선을 밖으로 돌리면 나무에 깃든 새와 지나가는 길고양이, 손녀 기다리는 할머니의 쓸쓸한 등에도 말을 걸 수 있습니다. 마음이 따뜻해지고 평화로워집니다.

열째, 오늘도 홀로 술잔을 기울이는 당신이 채울 차례입니다. 당신만의 자유와 행복과 자발적 고독을 위하여. 🍷

어둠이 무슨 죄?

빛이 빛일 수 있는 것은
어둠이 있는 까닭입니다.

공연한 욕을 먹으면서도
어둠은
그 장막을 드리워 빛을 감싸왔습니다.

오른쪽이 오른쪽이라 불릴 수 있는 것은
왼쪽이 자리하는 까닭입니다.

왼쪽이 외로 한 쪽에 버티는 덕분에
오른쪽이 심지어 옳은 쪽이라는
과분한 찬사를 받아왔습니다.

좋아하지 않는 것은
싫은 것이 아님에도
싫어하지 않는 것은
좋은 것이 아님에도

우리는 자꾸만
호불호를 나누고
좌우를 가르고
명암을 긋고
시비를 논합니다.

멀리 봐야 합니다.
깊이 숨 쉬어야 합니다.

어미가 새끼 품듯
천지가 뭇 생명 살리듯
품고 살려야 합니다.🍷

한 끗 차이

"너는 참 사악한 사람이야. 아직도 뭘 잘못한 줄 모르네. 너는 글렀어."

"너는 참 고운 사람이야. 얼굴도 마음도 하는 짓도 어쩜 하나같이 다 예쁜지 몰라. 앞으로 훌륭한 일을 할 사람이야."

내 앞의 누군가를 이렇다 저렇다 규정하는 순간, 그 말은 엄청난 에너지를 갖고 그 사람을 감싸고 그 기운 속으로 끝없이 끌고 들어갑니다. 착하다 하면 착한 사람으로, 악하다 하면 악한 사람으로 걷잡을 수 없이 그 말의 굴레 속으로 빨려 들어갑니다. 그래서 함부로 말하지 말아야 합니다. 아니 감히 함부로 말할 수 없습니다. 그 말 기운이 얼마나 무서운지 우리는 짐작조차 할 수 없기 때문입니다.

말이 먼저인지 행위가 먼저인지 가끔 헛갈릴 때도

있습니다.

"넌 정말 근본이 틀려먹은 애야."

이 말이 지니는 부정적인 에너지를 아이가 감당할 수 있을까요? 그것을 넘어서는 강력한 다른 에너지를 가져오지 않는 한 힘들지 않을까요? 오히려 그 말 한마디를 평생 주문처럼 외우지는 않을까요?

"그래 나는 정말 못돼먹은 아이야."

"이번에도 역시 제대로 될 리가 없지, 난 원래 그런 놈이니까."

끝없는 절망과 자책의 구렁텅이로 빠지기 쉽습니다.

특히 이런 부정적인 저주에 가까운 말을 수많은 사람들 앞에서 공개적으로 들었을 경우 어떤 일이 벌어질까요?

자책을 넘어서 남들 시선을 의식하느라 당당히 눈을 마주하지 못하고, 주눅이 들고, 눈치를 보고, 기가 죽을 수밖에 없습니다. 잘 해온 일조차도 스스로 의심하고, 남은 그렇게 보지 않을 거라 확신하고, 그 저주대로 그런 모습으로 자기 삶과 자기 모습을 만들어가겠지요. 그것도 더욱 단단하고 확고하게 말입니다.

반대로 평소에는 온갖 나쁜 짓만 골라서 해대던 아이한테 어떤 사람이,

　"넌 강아지를 참 좋아하는구나. 강아지도 너를 졸졸 따라다니는 걸 보니 서로 참 아끼는구나. 그 착한 마음 덕에 너는 앞날에 좋은 일만 가득 생길 거야."

　이런 말을 들었다면 이 아이는 어떻게 살아가게 될까요?

　나한테도 저런 말을 하는 사람이 다 있다니, 아 이 세상에 나를 알아봐주는 사람이 있구나, 하며 자기 모습을 되돌아보고 앞으로 씩씩하게 나가지 않을까요? 그동안 부모님, 선생님 그리고 주변 사람들은 내 진짜 모습을 보지 못하고 죄다 나만 보면 혼내고 야단치고 잔소리만 퍼부어댔는데 말이죠.

　말은 마음이 외치는 소리라고 합니다. 내가 어떤 마음을 내어 어떤 에너지를 주고받을지 깊이 생각해 보아야 합니다. 독(毒)이 되는 말을 해서 사람을 해칠지, 아니면 덕(德)이 되는 말을 해서 그 사람에게 득(得)이 되게 할지, 모두 나에게 달려 있습니다. ❢

그럼에도 사랑이

2015년, 〈응답하라 1988〉이 드라마 혁명을 일으켰습니다.

그걸 결정적으로 증명한 게 비지상파 방송 초유의 시청률입니다.

가족과 이웃에 대한 따뜻한 보살핌이 전설이 되어버린 시대. 아무리 목을 놓아 불러보아도 그 시절 그 이웃은 이제 더 이상 우리 곁에 없습니다. 밥때 늦은 식구 딱 한 공기 밥이 없어도 빌리러 갈 이웃 없는 우리. 밥과 반찬을 나눠 먹고 특별한 음식을 하면 동네방네 돌리던 그 시대는 정녕 돌아올 수 없는 것인가요.

이웃은 너무도 많습니다. 앞집 옆집 윗집 아랫집…… 101호부터 2006호까지 많고도 많지만 차라리 햇반을 데우거나 라면을 끓여 주고 맙니다. 부부싸움 뜯어말리던 그 시절 이웃은 이제 없습니다. 담 넘어 순가락 밥그릇 같이 쓰던 이웃은 다 어디 갔을까요.

이웃만 그럴까요? 가족도 이제 더는 예전의 가족이 아닙니다. 하소연할 곳 잃은 자식들은 제 방문 꼭꼭 걸어 잠그고 동굴로 숨어듭니다. 그러다가 창문 밖으로 몸을 던지기도 합니다. 맘 다독여줄 이웃 여편네 없는 어머니는 다용도실 세탁기 옆에 소줏병 숨겨두고, 자식 몰래 남편 몰래 깡소주 들이켭니다.

골목길 가로등 아래 날 기다려주던 그 사람은 이젠 없습니다. 날 해코지할지도 모르는 낯선 이웃이 숨어 있을 뿐.

응답하라 열풍을 보며 역설적으로 이 땅이 얼마나 삭막해졌는지 몸서리쳐질 지경입니다.

그래도 삶이, 그러기에 희망이, 그럼에도 사랑이 있습니다.

꼭 있습니다. 🍷

눈칫술

혼술 좋아하는 제 친구는
자식 눈치 보느라
캔 맥주 호기롭게 따보지도 못하고
첫 모금 소리 내 음미하지도 못하네요.

공부하는 딸내미한테 한 소리 들을까봐
다용도실 한 구석에서
1초면 딸 뚜껑을
10초에 걸쳐 살금살금 엽니다.

행여 들킬세라
새어나오는 트림 틀어막느라
애꿎은 사레만 연신 들립니다.

나만 그러는 게 아니었네요.

우리 집에 와서야
겨우
맘껏 트림하는
먼 데서 온 벗이
짠하기도 하고
마구 귀엽기만 합니다.🍷

혼술이 좋은 열 가지 이유

고래도 빠지는 칭찬의 함정

칭찬은 은밀히 해야 합니다

칭찬은 고래도 춤추게 한다고요? 그건 고래 얘기고, 사람은 좀 다릅니다. 아니 많이 다릅니다. 흔히 칭찬은 많은 사람들 앞에서 하고, 꾸중은 뒤에서 은밀히 해야 한다고 알고 있습니다. 과연 그럴까요?

테니스 동호회의 정기모임을 상상해봅시다. 오랜만에 등장한 명희 씨를 보고 남자 회원 성철 씨가 한마디 건넵니다.

"와, 완전 화사해졌네. 어쩜 얼굴이 그렇게 봄꽃처럼 활짝 피었어요?"

성철 씨는 무슨 잘못을 저질렀을까요?

모처럼 모임에 참석한 명희 씨를 칭찬한 말이 뭐가 잘못됐냐고요? 성철 씨는 그 자리에 함께한 나머지 여자 회원들을 욕보였다는 걸 알기는 할까요?

같은 공간에 있던 다른 여자들은 상대적으로 칙칙하고, 봄꽃이 아니라 앙상한 겨울나무처럼 쭈글쭈글하다고 간접적으로 말한 셈이니, 그 죄를 알렸다! 아직도 감을 못 잡은 성철 씨. 그럼 입장을 바꿔놓으면 퍼뜩 이해를 할지도 모르겠네요.

역시 같은 테니스 동호회 뒤풀이 술자리에서입니다. 성철 씨가 호감을 갖고 있는 은영 씨가 자신이 평소 이유 없이 미워하는 정식이라는 회원한테,

"어머, 정식 씨는 어쩜 그렇게 해박하세요? 거기다 유머까지 넘치시고. 정말 대단해요."

이렇게 호들갑을 떨며 칭찬을 했다 칩시다. 성철 씨의 기분이 어떨지 상상이 가고도 남을 것입니다. 바로 그 기분입니다. 그러니 칭찬도 꾸중이나 조언과 마찬가지로 따로 불러서 해야 할 때가 있는 법입니다.

헛된 칭찬이 있습니다

약이 되기는커녕 독이 되는 칭찬도 있습니다. 부부 사이에서 빈번히 일어나곤 합니다. 칭찬의 대상과 방향이 완전히 어긋나서 오히려 매를 버는 칭찬입니다.

"와, 이 코다리찜 정말 맛있네. 코다리가 물이 참 좋은가봐. 역시 음식은 재료가 중요해."

종종 우리 아버지 박성옥 선생이 그 아내인 김초자 여사에게 던지는 말씀입니다. 당신 딴에는 저녁상에 올라온 코다리찜을 더덕주 한 잔과 맛나게 드시고 칭찬 한마디 던진 것입니다. 흡족해하는 미소까지 지으시면서. 하지만 이 말을 들은 김초자 여사는 기쁘기는 고사하고 안색이 싸늘해집니다.

"당신 무슨 말을 그렇게밖에 못해요? 아니 코다리가 물이 좋다니. 재료가 뭐가 중요해요? 내 음식 솜씨가 좋은 거지."

우리 아버지처럼 기껏 한 칭찬이 차가운 핀잔으로 돌아온 경험이 누구나 있을 것입니다. 우리는 왜 이렇게 본전도 못 찾을 칭찬을 할까요?

사람을 칭찬해야지 물건이나 재료를 칭찬해서는 곤란합니다. 음식 솜씨가 빼어나다고 칭찬해야지, 밥상에 올라온 코다리나 가자미 물이 좋다고 해서는 안 됩니다. 사람 자체를 칭찬하고 그 사람이 갖고 있는 성품이

혼자 술 마시는 여자

나 기질을 칭찬해야지 공연히 변죽을 울렸다가 오히려 상대를 노엽게 만들고 맙니다.

질리지 않는 칭찬도 있습니다

영화배우 장동건이나 정우성은 태어날 때부터 눈만 마주치면 들었을 '잘생겼다', '멋있다'는 말이 지금도 좋다고 합니다. 여자는 말할 것도 없습니다. 아름다움에 대한 칭찬은 아무리 반복해 들어도 기분이 좋아집니다. 내 존재 자체를 인정받는 느낌입니다. 특히 얼굴은 단순히 외모에 그치지 않습니다. 얼(영혼)이 기거하는 신비로운 장소여서일까요?

"당신 참 예뻐요."

"어쩜 늘 근사하세요?"

"얼굴도 마음도 정말 아름답네요."

칭찬의 유혹에 휩쓸리기도 쉽고 칭찬의 함정에 빠지기도 쉽습니다. 무늬만 칭찬은 이제 그만둘 때입니다. 사람을 아끼는 마음, 상대를 사랑하는 마음이 칭찬의 시작이고 끝이 아닐까요? 오늘은 누구를 칭찬해볼까요? 맨 정신으로 힘들면 친정아버지 담가 주신 오가피

주 한잔하고 퇴근하는 남편 기다려볼까요? 안 하던 짓
한다고 부디 놀라지만 마시길.🍷

아무 꿈도 안 꿀 자유

몇 년 전 그 유명하다는 자기계발 동기부여 스타강사의 특강을 들었습니다. 기대가 너무 컸는지 솔직히 좀 맥이 빠지는 느낌이었습니다. 특히 잔인했던, 어쩌면 난폭했던 몇몇 장면은 아직도 잊을 수 없습니다. 우선 객석 분위기 파악을 위한 사전 '몸 풀기' 시간이 퍽 난감했습니다. 강사가 객석을 돌아다니며 던진 질문 때문이었습니다.

"무슨 일을 하고 있나요?"

하는 일이 무엇인가를 묻는 간단한 질문이었지만 막상 객석에 앉아서 그 질문을 듣자니 몸과 마음이 모두 불편하고 뭔가 답답했습니다. 나한테 마이크가 오지 않기만을 바라며 시선을 피하고 싶었습니다. 왜 그랬을까요?

사람들은 흔히 묻는 위치-선생이거나 윗사람이거

나 아니면 아예 모르는 사람일지라도-에 있으면 질문을 함부로 던지는 경향이 있습니다. 무슨 직업을 갖고 있는지, 몇 살인지, 결혼은 했는지, 자녀는 어떤지, 어디 사는지 별 생각 없이 툭툭 쉽게 묻습니다. 그렇다면 이 질문에 나를 포함한 객석에서 곤혹스러워한 까닭은 무엇일까요?

직업이 존재를 규정하고, 현재까지의 자기 인생을 총체적으로 표현한다고 느끼기 때문이 아닐까 싶습니다. 직업이 없거나 어디에도 소속되어 있지 않다면 그 사람은 별 볼 일 없는 사람으로 평가되기 십상입니다. 바로 이런 까닭에 그가 던진 질문은 참 폭력적일 수 있습니다.

무슨 일을 하느냐는 질문은 흔히 당신의 꿈은 무엇인가를 묻는 다음 질문으로 이어집니다. 이날 강의도 예외는 아니었습니다. 현재 하고 있는 일을 물어보는 것 이상으로 꿈을 물어보는 것 역시 폭력적입니다.

몇 해 전 주민센터 영어수업 시간에도 이와 비슷한 일을 겪었습니다. 한 회 강연료가 8억 원에 이른다는 브라이언 트레이시라는 미국 유명 강사의 '성공에 이르는 목표달성 7단계' 사례를 똑같이 따라해보는 자리였습니다. 주말을 이용해 자신이 정말로 원하는 게 무엇인지 생각해보고 다음 시간에 그 강사가 제안한 방식대로 설명해보는 시간이었습니다.

그런데 수업을 듣는 대부분의 수강생-세상의 잣대로 판단할 때 자녀를 나름대로 훌륭하게 키워낸 학부모, 그것도 부유한 인텔리 학부모들-이 그 시간을 너무나도 괴로워하고 고통스러워했습니다. 대개 사오십 대 여자들이었는데 자기가 진정으로 원하는 게 무엇인지, 혹은 그게 무엇이었는지를 생각해낸다는 것이 엄청난 부담과 압박으로 다가왔다는 것입니다. 괴로움과 고통을 토로하다 급기야 그 숙제를 못하겠다고 손을 내저었습니다.

내 삶의 목표와 목적을 뚜렷이 찾아 꿈을 실현한다는 게 그냥 말장난, 언어유희에 불과하다는 걸 절실히 깨달은 시간이었습니다. 그런 질문과 과제가 잔인한 도발이자 폭력행위라는 사실을 절감했습니다. 자식들에겐 왜 생각이 없고, 목표가 없고, 비전이 없냐고 묻고 묻고 또 물었으면서도 말입니다.

혼술이 좋은 열 가지 이유

2011년에 방송됐던 MBC 드라마 〈나도, 꽃!〉에서도 이런 장면이 나옵니다. 주인공 차봉선(이지아 분)은 경찰입니다. 또 다른 주인공 서재희(윤시윤 분)는 대학을 나오지 않았지만 성공한 가방 디자이너입니다. 사랑이 꽃을 피울락 말락 할 시점에 두 남녀는 술자리에서 서로의 속마음을 얘기합니다. 그러다가 여주인공이 말합니다. "이 세상에 사랑한다, 사랑한다, 너도 나도 죄다 사랑한다, 사랑한다, 사랑한다……. 앞으로 사랑한다 말할 때마다 오백 원씩 받아야 해." 이 제안에 이어 "네 꿈이 뭐냐?"고 물어보는 사람한테도 오백 원씩 받아야 한다고 선언합니다.

함부로 사랑한다 말하고, 함부로 남의 꿈을 물어보는 기습적인 폭력에 돈을 받아야 한다는 것입니다. 진심이 없는 질문과 다짐이 무슨 소용이며, 무슨 감동을 주느냐 말입니다. 그 당시 이 드라마를 한 회도 빼놓지 않고 다 챙겨 보았습니다. 특히 이 장면이 유쾌 상쾌 통쾌한 느낌으로 아직까지 가슴에 깊이 남아 있습니다.

몇 해 전 여름 열렬한 환호를 받았던 한 카드회사의 광고 문구가 있습니다.

"이미 아무 것도 안 하고 있지만

더욱 격렬하게 아무 것도 안 하고 싶다!"

우리에게 아무 것도 안 해도 된다고 처음 말해준 건 동기부여 강사도, 자기계발서도, 교과서도, 잡지도, 부모님도, 선생님도, 목사님도, 스님도 아니고 바로 광고 카피였습니다. 그것도 스펙지상주의, 학벌지상주의, 외모지상주의 사회에서 말입니다.

다시 그날의 특강으로 돌아가 보면, 중반 이후에는 분명 동기부여도, 영감 불러일으키기도, 그리고 희망 공급도 하기는 했습니다. 그 모든 걸 초반 질문 몇 개로 매도하고 싶지는 않습니다. 그렇지만 그런 인식과 공감이 있었다면 훨씬 감동적이고 설득력 있는, 잊지 못할 순간이 되지 않았을까 싶습니다. 이미 이십대에 성공 경험과 명성과 영향력을 가진 강사의 시각과 언행은, 자칫 그와 같지 않은 대부분의 사람들을 한낱 구경꾼으로 전락시킬 수 있습니다.

흔히 세상에서 성공이라 말하는 꿈, 직업만을 의미하는 어른들의 꿈, 남들의 부러운 시선을 받는 그럴듯한 꿈을 꾸고 싶지 않은 것입니다. 생명을 소중히 여기고, 물질보다는 마음을 나누며 가지각색 '오롯이 나만의 참 꿈'을 꾸는 모든 이들을 응원합니다.

　아무 것도 안 할 자유.

　아무 꿈도 안 꿀 자유.

　아무 목표도, 계획도 안 세울 자유.

　그래도 될 자유.

　그래도 괜찮을 자유.

　이 모든 자유는 또한 권리이기도 합니다. ❢

너도 한번 당해봐라

휴학한 큰아들이 아침을 먹고 자기 동굴로 들어갔습니다. 식탁에는 남편과 저 둘이 남았습니다. 출근하기까지 시간이 좀 남았을 때였습니다.

"당신은 은퇴 이후 비전이 뭐예요?"

"……"

너무 놀란 얼굴로 쳐다보는 남편.

"난 비전이 없어."

"그게 무슨 말이에요?"

"비전이 없는 게 내 비전이야."

뭔 귀신 씻나락 까먹는 소리인지요.

"난 당신한테 묻어갈 거야." (여기서 '당신'은 물론 아내인 저를 말합니다.)

"아니, 그건 내 꿈이지 당신 꿈이 아니잖아요."

"그러니까 나한테 묻지 마!"

이제는 버럭 화를 냅니다.

"그렇죠? 바로 딱 그 기분이에요. 저나 애들한테 비전이 뭐냐고, 꿈이 뭐냐고 묻지 말아요!"

남편은 세 해 전 생일이 지나면서 임금피크제 혜택(?)을 받게 되었습니다. 정년이 연장되었으니 혜택임에 틀림없지만 막상 줄어든 월급을 받으니 역시 화장실 들어갈 때 마음하고 나올 때 마음이 판이합니다. 자존감이 바닥을 치고 있는 남편을 아내로서 위로해줘야 하는데, 실상은 대학생 두 아들의 취업과 결혼까지 생각하니 걱정이 앞섰습니다. 남편에게 한 번은 묻지 않을 수 없었지요.

일곱 살 위인 남편을 만나 결혼해 살면서 그 사람은 아내인 저를 마치 딸 키우듯 했습니다. 스물세 살짜리 어리바리 색시가 세상 물정을 얼마나 알았을까요. 벌써 27년 전 일입니다. 아이들이 태어나면서 딸 하나, 아들 둘을 돌보는 사명에 불탔던 남편은 종종 "꿈이 뭐냐?" "진짜 원하는 게 뭐냐?" 심지어는 "왜 사냐?"까지 기습적으로 제게 물었습니다.

식구들이 갑자기 듣는 '꿈 공격' '비전 공격'은 그 질문 자체가 공격적이라기보다는 그 말을 하는 상황과 태도, 어조와 표정 따위에 폭력성이 깃들어 있었습니다. 저는 많이 아팠고, 늘 빙의해 있는 아들 마음까지 제게 더해 아팠습니다.

출근 시간 던진 제 물음에 당혹해하는 남편을 보는데, 겉으로는 분명 남편이 화를 내는 상황이었지만 속으로는 '쌤통이다' 하며 쾌재를 부른, 짜릿한 역전승을 거둔 순간이었습니다. 그런데 문제는 그때부터 생겼습니다. 남편의 입장을 곰곰이 생각할수록 더욱 그랬습니다.

삼형제 막둥이였던 남편은 센스가 남다르며, 남의 마음이나 기분을 잘 알아채고 잘 맞춰줍니다. 다른 사람, 특히 아내인 저와 두 아들 얘기 듣는 것을 무척 좋아라합니다. 대신 자기 얘기는 술자리에서 가끔 하는 편이고 평소에는 거의 하지 않습니다. 한마디로 경청의 달인입니다. 주변을 빛나게 해주고 나서 자신은 지켜보며 흐뭇해합니다.

주변에 많이 베풀고, 남의 문제를 자기 일처럼 신경 써줍니다. 후배나 아랫사람에게 기회를 많이 주고, 문제가 생겼을 때는 책임질 줄 아는 남자입니다. 다만 계획적이지 않고 악착스럽지 못한 것이 단점이랄까요.

남편이 농담처럼 해오던 "당신은 내 보험이야. 전반전은 내가 챙겼으니 후반전은 당신이 책임져야지." 같은 말이 무의식에서 툭툭 불거져 나온 진심이었던 것일까요. 이태 전 수강한 분노조절 수업에서 '역지사지'의 끝은 상대에게 측은지심을 느끼는 것이라고 했습니다. 그는 이제는 쉬고 싶은 것일까요. 쉬면서 저와 아이들의 후견인이자 조력자 역할에 만족하고 싶은 것일까요. 이게 바로 남편이 말하던 자신의 비전이었나 생각합니다.

제가 겪었던 불편함과 상처에서 시작했던 '너도 꼭같이 당해봐라'는 반격이 처음의 통쾌함에서 어느 새 안타까움으로 바뀌는 순간이었습니다. 남편을 쉬고 싶은 만큼 쉬게 해줘야 하나 봅니다. 큰아들이 휴학하며 잠깐 멈췄다 가려 하듯이 말입니다. 어? 이게 아닌데……. 역지사지 괜히 했어요. 하하하!

"샐러리맨은 쉬고 싶다!"

"왜? 피곤하니까!"

1990년대 장안의 화제였던 한 드링크 광고가 떠오릅
니다.

"전반전 뛰느라 수고한 당신. 좀 쉬어요. 후반전은
제가 뛸게요. 죽이 되든 밥이 되든."🍷

내가 나라는 것을 증명할 수 없는 세상

등기를 말소하러 발품 팔러 다니다 인감증명서가 필요해 주민센터에 들른 적이 있습니다. 서둘러 나오느라 인감은 가져왔는데 신분증을 빼먹었지 뭡니까.

나 박경희는 분명 여기 와 있는데, 내가 나라는 걸 증명할 길이 없었습니다. 진짜 내가 틀림없다고, 당신 눈앞에 있는 사람이 바로 박경희라고 아무리 주장하고 하소연해도 소용이 없었습니다.

하는 수 없이 내가 나임을 증명하기 위해 집에 놔두고 온 나-신분증-를 데리러 갈 수밖에 없었습니다. 신분증 못 챙긴 나를 한심해하기보다 버젓이 살아서 누군가 앞에 앉아 있는 내가, 내가 아닐 수 있다는 사실에 당황했습니다.

반대로 내 신분증을 누군가 가져가서 나로 행세했다면? 이상하고 무서운 세상에 살고 있다는 걸 실감한 날이었습니다.

영화 〈나, 다니엘 블레이크〉에 비슷한 장면이 나옵니다. 주인공 다니엘이 실업급여를 받으러 관공서에 갔는데, 컴퓨터로 작성한 신청서가 아니면 돈을 받을 수 없었습니다. 나 아닌 다른 인간이 정해놓은 시스템에 맞추지 않는 한 내가 아프거나 다쳐도 보상받을 길이 없다는 것입니다.

분명 나, 다니엘 블레이크가 여기 왔는데, 오로지 그 서류가 아니면 내가 다쳤다는 것은 거짓이 되고 맙니다. 손으로 작성한 서류는 새 시스템에서는 무용지물이 되고 마는 어처구니없는 현실을 보여주었습니다. 내가 동의하지 않았는데, 내게 미리 알려주지 않았는데, 시스템의 노예가 되지 않으면 살아남을 수가 없는 세상이 되고 말았습니다.

진짜 나는 어디 있고 진짜 나는 무엇이며 진짜 내가 있기는 한 건가 묻게 되는 순간이었습니다. 🍷

화장에 관하여

아이가 어렸을 적
엄마가 화장할라치면

엄마 어디 가?

불안해하며 묻습니다.

아이가 자랐을 적
엄마가 화장할 기색이 통 없으면

엄마 어디 안 가?

기대에 차서 조심스레 묻습니다.

아이는 이렇게
엄마 품을 떠납니다. 🍷

얼굴 좋아졌다고 말하지 마세요

말에 덕을 붙이는 일.
말을 후하게 하는 것이 복 짓는 일이고
말을 박하게 하는 것이 척짓는 일이랍니다.

덕이 되는 말
득이 되는 말
독이 되는 말

"너 얼굴 좋아졌다"는 어디에 해당할까요?

이 말을 여자에게 했을 때 노소를 불문하고 독이 됩니다.
아무리 좋은 뜻으로 한 말일지라도
듣는 여자는 "야, 너 살쪘다"로 들리기 때문입니다.

정말 좋은 뜻으로 하는 말이라면
이렇게 바꾸면 됩니다.

"얼굴 화사해졌네."
"낯빛이 환하다."

참 금기어 하나 더!

"얼굴이 달덩이네."
"얼굴이 보름달이다."

보름달님과 여자를 동시에
욕보이는 언사입니다. 🍷

나란 여자, 질투 대마왕

나 이외 다른 여자 칭찬은
죽음보다 더한 형벌.
같이 텔레비전 보다
다른 여자한테 예쁘다 하는 꼴을 못 봅니다.
인품을 칭찬하는 꼴 역시 눈꼴 시려 합니다.

절대 솔직히 말하면 안 되는 게
다른 사람, 예전 사람, 지나가는 사람
예쁘다 하는 것입니다. 🍷

혼자 술 마시는 여자

부메랑

"당신, 걸음을 끌지 말고 당당하게 걸어요.
운명에 질질 끌려 다니는 것 같잖아요?"

"당신이 그런 말을 하다니……."

"난 계속 배우잖아요. 수련하고 연습하고……."

칭찬인 줄 알았습니다.
마누라가 요즘 들어 이것저것 배우러 다니더니
그런 말도 다 하냐고, 유식해졌다는 줄 알았습니다.

"아니 그게 아니라
당신 걸음은 쿵 쿵 쿵 쿵 얼마나 소리가 큰데.
층간 소음 신경 써야지."

혼술이 좋은 열 가지 이유

하는 거였습니다.
그제야 아차 싶었습니다.
충고랍시고 한 말이
도리어 제 주제 파악 못하고
부메랑으로 돌아왔습니다.

역시 말을 말아야 해.
올해는 말을 줄여야겠습니다.

근데 어쩌지요.
말이랑 글로 먹고 살아야 하는데.

지천명(知天命)이라는 오십, 생일 아침
본전도 못 찾았습니다! 🍷

정에서 노염 난다

남편과 단 둘이 앉은 저녁 밥상머리였습니다.

벼리(우리 강아지)랑 청계천 산책하고 돌아와
뜨거운 물에 찬밥 말아
김장김치 한 포기 새로 꺼내
길게 쭈욱 찢어
맛나게 먹던 중이었습니다.

서로 어린 시절 얘기로
화기애애했네요.

바쁘게 일하셨던 시어머니는
스테인리스 밥통 아랫목에 묻어두시고
세 아들은 물 끓여 식은 밥 말아

배추김치 손으로 찢어 먹으며
엄마를 기다렸다고 합니다.

가겟방에서 온 식구 같이 뒹굴었던 저는
야간자율학습 마치고 돌아오는
늦은 시간에 맞춰
꼬박꼬박 새로 밥을 지어주셨던
울 엄마를 떠올렸습니다.

저녁 주 요리인 김장김치 한 접시가
다 비워져갈 무렵이었습니다.

김치가 모자랄 것 같은데
새로 꺼낼까요?

아냐, 괜찮아. 나 다 먹었어.
이러는 겁니다.

저는 밥알 하나하나 꼭꼭 씹어 먹는 편이라

먹는 속도가 엄청 느립니다.

남편은 마파람에 게 눈 감추듯하구요.

한두 해 같이 산 것도 아닌데

여직 제 밥 먹는 버릇도 모르다니요.

전 물에 말은 밥이 아직 두세 숟갈 남았는데

자기 다 먹었다고

김치 한 쪼가리도 남겨놓지 않다니요?

이럴 수는 없는 겁니다.

갑자기 배려받지 못한 마음에

분기탱천해져서는

냉장고에서 전날 썰어놓은 김장김치를

남편 앞에 확 들이밀었습니다.

제 노여움에 전염된 남편도

눈 부라리는 게 살벌했습니다.

찰나인지 영겁인지 모를 정적이 흘렀습니다.

그까짓 김치 쪼가리 하나에
빈정이 상해서 얼굴을 찌푸려?
이 남자는 나를 사랑하지 않는구나
절망하며 서러워했던 제 자신을
돌아보았습니다.

그래서 옛 어른들이
"정에서 노염 난다"고 일러주셨나 봅니다.

가깝고 친밀할수록 기대치가 높아져서
더 쉬이 실망하고 화나게 됨을 경계하신 말씀이겠지요.
(당신 흉봐서 미안해요.
그 덕분에 제가 배웠습니다.)❢

반려인간(伴侶人間)

개의 입장에서 본 인간

혼술이 좋은 열 가지 이유

엄절한 당신

"결혼 전엔 일곱 살이나 어린 여자애가 다짜고짜 씨씨 거리더니(누구 씨!), 결혼식 올리자마자 여보, 하고 부르더라구요."

스물일곱 해나 지나서 남편은 오빠란 말이 듣고 싶었다고 오늘에서야 처남댁 앞에서 하소연입니다. 정말 몰랐습니다. 그렇게 오빠로 불리고 싶었단 걸요. 남자 형제만 있는 집에서 자랐기에 오빠야, 자기야, 이런 닭살 돋는 말 싫어하는 줄만 알았습니다.

누가 가르쳐주지 않았지만 '오빠'라는 호칭은 친정 피붙이 남자형제한테만 써야 하고, 혼인하면 여보 당신 불러야만 하는 걸로 철썩같이 믿었습니다. 저란 사람은 누가 시키지 않았는데도 한복 떨쳐입고 시부모님께 아침마다 문안 인사 올리고 퇴근해 돌아와서는 이부자리 펴드렸습니다. 딴에는 법도 있게 잘 살았다 뼈

기고 있었는데, 오늘 남편 한마디로 혼란스럽습니다.

　이제라도 그이를 오빠라고 불러야 하나요? 산 사람 소원 들어줘야 하나요? 아무래도 술을 한잔 더 먹어야 할까 봅니다. 엄절한 당신은 바로 저였습니다. 🍷

속엣말

잘 지내시지요?

→ 당신이 보고 싶어요.

알아서 할게요.

→ 제발 간섭하지 마세요.

네 맘대로 해.

→ 너는 내가 시키는 대로만 해야 돼.

(간만에 연락한 지인한테)

어 웬일이야?

→ 고마워, 날 찾아줘서. 🍷

6   하늘 셈법

당연한 게 아니라 고마운 것

사랑하는 내 아들, 금쪽같은 내 새끼야!

며칠 전 입추가 지났네. 여름이 가고 가을이 오듯 계절이 바뀌는 것도, 밤이 가고 낮이 오는 것도, 모든 게 천지의 정성 덕분이란다. 이 세상에 당연한 것은 하나도 없단다. 고마워해야 하는 것을 당연하게 여기는 순간 갈등이 생기고 서운함, 섭섭함이 커지게 마련이지. 부모의 고마움, 스승의 고마움, 같이 복무하는 동기와 선후임, 간부의 고마움을 깊이 느끼고 항상 잊지 않으려 노력하는 아들이 될 거라 믿는다.

요즘 군에서 끔찍하고 참담한 일이 종종 터지니 맘이 참 아프다. 잘하고 있겠지만 선후임과 간부들 한 사람 한 사람 모두를 귀하게 여기고 척짓지 않도록 늘 조심하자. 사랑하는 가족이 늘 기운 주고 있으니 서로 보살펴주고 눈빛 들여다보고, 그러다 네 맘 복잡해지면 엄마한테 하소연하고 울분도 쏟아내고 하면서 슬기롭게 보내자.

이제 갓 병장이자 분대장이 된 아들아!

너무 완벽하려고 하지 말거라. 그러다가는 자칫 독단에 빠질 수도 있으니까. 엄마가 살아보니 인간은 절대 완벽할 수 없는 것 같아. 그래야 선후임이 혹시 실수하더라도 비난하지 않고 서로 살리는 대책을 강구할 수 있는 여지가 생길 거야. 누구나 실수하기에. 지나치게 완벽을 추구하면 타인에게 자칫 가혹하고 혹독해질지도 몰라.

저번에 메신저 대화에서 소대 막내 때부터 네가 싫어했던 폐습 물려주지 않으려 혼자 고군분투하느라 힘겹다고 했지. 그냥 될 대로 되라는 식의 무책임함도 내버려두기 싫다고 얘기했지. 싫어하던 모습 닮지 않고, 대물림하지 않고 고치려 애쓰는 우리 아들, 참으로 기특하고 가상하다. 또 미운 마음 들었던 선임을 먼저 찾아가 예전에 네가 좀 무례하게 굴었던 것 사과하면서 서로 마음을 풀었다는 고백을 들으면서 엄마는 너의 용기에 박수를 쳤다. 한편으로 자존심을 접고 다가간

혼자 술 마시는 여자

그 마음에 가슴이 벅찰 정도로 흐뭇했다.

엄마가 너의 북극성이 되어줄게. 우리 아들이 망망대해, 첩첩산중에서 길을 잃고 헤맬 때 네 앞길을 비춰주는 별빛이 되어줄게. 엄마를 자주 애용해주기 바란다.

참, 오늘 돼지고기 수육 외할머니 족발처럼 맛나게 삶는 법 터득했다. 하하하! 다가오는 휴가 때 엄마 솜씨 기대해도 좋아.

하루의 무사함을 하늘에 감사하며, 주변의 모든 사람 귀하게 여기는 분대장이 되기를 기도한다. 아들아, 두서없이 써봤지만 새겨듣고, 곤란하거나 애매한 일 생기면 엄마든 아빠든 언제든지 연락하렴. 후훗, 잔소리가 길어졌네. 그만큼, 아니 그 이상 너를 아끼고 사랑한다.

엄마 박경희 올림^^

* 이 글은 2014년 8월 14일 〈감사나눔신문〉에 기고한 글입니다. 🍷

말 가시

새벽 내내 말 가시에 찔려 아팠는데
가지를 다듬다 꼭지 가시에 찔렸습니다.
말이 맘으로,
다시 몸으로 옮겨왔네요.
잘 달래서 침 끝으로 끄집어냈는데
겨우 2미리짜리 가시가
그리도 저를 후벼 팠군요.

잘 가라 가시야,
부디 잘 가셔요 상처님아! 🍷

한 번만 더

오래간만에 봉지 팝콘을 설명서대로 튀기다
미처 못 튀겨진 아이들을 모아 모아서
다시 전자레인지로 돌렸습니다.

기회를 한 번 더 주면 이리 찬란하게 펼쳐질 것을
그동안 우리는 그저 설명서가 진실인 양
그대로 안 된다고 실망하거나 좌절하지 않았는지요.

겨우 한 번만 더 기회를 주면
이리 꽃필 것을
무엇이 두려워
그 길을 막았던 걸까요.

오늘 팝콘에게 크게 배웁니다.

하늘 셈법

고구마 캐기, 호미질 그리고 상처

밭고랑에 털썩 주저앉아
고대 유물 발굴하듯
고구마를 캡니다.

딴에는 고이고이
두 손으로 정성껏
흙을 떨어냅니다.

깊이 뿌리 내린 녀석은
조심스레 호미를 갖다 댑니다.

그런데
단 한 번 살짝만 찍혀도
제 몸을 썩힙니다.

당장은 괜찮아 보여

놓아두었다 먹을라치면

상처난 부위뿐만 아니라

주변까지 푸르딩딩

피멍이 들어 있습니다.

상처 난 놈을

멀쩡한 놈들이랑 한데 두면

딴 놈들도 덩달아 골병이 듭니다.

겨우 한 차례

호미로 살짝 할퀴었는데

그리도 속병이 들어

많이도 아팠군요, 당신은.

마음을 박박 닦지 못하여

왜 옛날에 엄마들이 할머니들이
괜스레, 갑자기, 불현듯
멀쩡히 정리해놓은 그릇 다 꺼내고
깨끗해 보이는 이불 홑청 다 뜯어서
우물가로 냇가로 휘청휘청 가셨을까요.

그 마음이 얼마나 심란했으면
그 마음 꺼내서
이불이랑 그릇이랑 대신 닦았을까요.

맑아진 마음
그릇에 담아 먹이고
푸근해진 마음
이불로 덮어주려고

그렇게 박박 벅벅

닦고 또 닦았나 봅니다. 🍷

모서리는 살기를 품고 있다?

날카롭게 벼린 칼날만 살기를 머금은 것은 아닙니다. 종이에 베인 경험은 다들 한번쯤 있을 것입니다. 얼마나 쓰라리고 아팠던가요.

아침에 분리수거를 하다 달걀 한 판을 덮은 플라스틱 모서리에 손톱반달 바로 위를 스윽 베었습니다. 눈물이 찔끔 나올 만큼 쓰라렸습니다.

물체의 모가 진 가장자리를 모서리라 부르고, 수학에서는 다면체에서 각 면의 경계를 이루고 있는 선분들을 그렇게 부른다고 합니다.

우리 인간도 다양한 인격과 정체성을 장착하고 있는 다면체 다중이가 아닐까요. 내 인격과 당신의 인격이 부딪힐 때 생기는 모서리에서 파바박 불꽃이 튈 수 있습니다. 그 불꽃이 상대방을 살리는 방향으로 갈지, 상처를 입히다 종래 죽이는 길로 향할지 누구에게 달렸을까요?

보통 당신은 가만히 있는데 혼자 오해하고 억측하느라 상처를 입을 때가 많았습니다. 혹은 이미 당신은 그때 당신이 아닌데 나 혼자 그때 그곳에 머물러 달라진 당신, 평안해진 당신을 일부러 바로 보지 않으려 했던 적도 있었지요.

당신을 탓하기 전에, 가만히 있던 물건-달걀판이든 A4용지든-한테 신경질 부리기 전에 나를 살필 일입니다. 분명 무슨 딴 생각을 하는 걸 보고 정신 차리라고 하늘에서 살짝 귀띔해주신 것일 테니까요. 미운 마음, 못난 마음, 모난 마음 거두라고 모서리로 찰싹 나를 치셨구나.

가만있어 보자. 오늘 아침 내 마음은 어땠지?

무슨 사연으로 심기가 불편했을까?

조금만 더 참으면

이리저리 돌아다니던
냉장고 안 찬밥을 모아
누룽지를 만듭니다.

급한 마음에
미처 다 눋지 못한 밥알들
주걱으로 긁을라치면
손목도 시리고
모양도 죄다 흐트러집니다.

진득이 기다리면 될 걸
조금만 더 참으면 될 걸

날선 마음 누그리고
모난 마음 둥글리고

먼 산 한 번 바라보고
강아지 눈 맞춰
잘 잤니 인사하고

솥뚜껑 열어
누우렇게 고운 빛깔
얼굴 반쪽 내민
누룽지 만났습니다.

꽁꽁 엉킨 매듭꽃

매듭 풀 엄두를 차마 못 내던 지난 세월

바쁜 척하느라
'승질머리' 부리느라

겨우 한 번 시늉해보고
가위 찾아 싹둑 잘랐던

소중한 것들
시절 인연들

이제 조금 자라서
풀고 풀고 또 풉니다.

그 마음 탁 먹었더니

풀리고 풀리고
다 풀립니다.

술술 풀립니다. 🍷

산책의 교훈

그 동안 내 속도로
당신을 이끌어서 미안합니다.

당신 위한답시고
오로지 내 속도로
당신을 끌고 가서 미안합니다.

겨우 오늘에서야 당신 걸음에 발맞춥니다.

당신 멈춘 걸음, 저도 멈추고
봄 내음, 생명 내음, 살 내음 맡아봅니다, 비로소.

강아지한테 오늘 또 배웁니다. 🍷

힘이 들어야 힘이 납니다

왕후장상 부러울 것 없이
정성 가득한 밥상을 받았다고
다음 끼니를 대충 먹거나 굶으면
단박에 뱃속에서 난리가 납니다.

맘껏 먹고 싶고 양껏 마시고 싶은 욕구를 참으며
몇 개월을 고통 속에 자신과 씨름하며 만든
임금 왕 자 명품 복근도
단 몇 번 기름진 식사와 술자리로 망가집니다.

너무나 간절히 원하는 게 있어
매순간 하늘에 도와달라
기도하며 매달리고 마음을 닦아도
어느 한순간 방심하고 다 되었다 자만자족하면

그 모든 게 홀연히 사라집니다.

사랑도 그렇습니다.
이 정도면 됐겠지,
이만하면 상대가 감동하고
나한테 영원히 잘해주고
내 사랑에 보답하겠지 하는 순간
그 사랑은 식어가고 시험에 들게 됩니다.

늘 한결같이
조심하고, 조심하고 정성 들이는 수밖에
달리 도리가 없습니다.

힘이 들어야
힘이 납니다.

날마다
기도하고 사랑하고 운동하고
정성으로 상 차리고

혼자 술 마시는 여자

고마움으로 먹는 게
우리 일이고 사명입니다.

그렇지 못할 때
된통 당합니다.

먹고 기도하고 운동하고
그리고
사랑해야 합니다. ♟

연탄 같은 사랑

연탄불 붙이려면
밑불이 있어야 합니다.

너무 벌겋지도
너무 꺼멓지도 않은

딱 거시기한 만큼
자신을 달궈야만
다른 연탄에 불을 당길 수 있습니다.

연탄불 갈라치면
매운 내 무서워 코 막고 입 막고
열아홉 구멍 하나도 틀림없이
마주 대야 합니다.

내 태운 몸을 당신 몸에 갖다 대야

나도 살고 당신도 살아납니다. ♥

하늘 셈법

삶은
가까이 보면
공정하지 않고
부당하고
억울한 일투성입니다.

하지만
멀리서 보면
겨울이 가면 봄이 오듯이
지극히
자연스럽고
당연하고
빈틈없이 공정합니다.

언제 단 한 번이라도
봄이 가고 겨울이 온 적이 있던가요.
가을이 가고 여름이 온 적이 있던가요.
더하기 빼기는
짧은 순간엔 맞는 듯 보입니다.

그래서
내가 밑졌으니
더 받아야 한다고 호소합니다.

하지만
하늘의 방정식은 그렇지 않습니다.

내가 당신보다 더 가지고
더 많이 누리는 게
얼마나 축복이고 호사인 줄 모릅니다.

하늘같은 가호로
보살핌을 받았는지 느끼지 못합니다.

내가 저지른 큰 잘못이

아주 조그만 손해로 청구되었음을

미처 깨닫지 못합니다.

내가 준 상처가

당신이 준 상처보다

훨씬 크고 깊었음을

너무 뒤늦게 받아들입니다.

그래서

오늘도 이만하기 다행입니다. 🍷

달 아래 혼술

작업주를 아십니까?

　지금으로부터 한 십여 년 전 한창 와인 특강이 성황을 이루던 시절이었습니다. 그러한 특강 붐은 고소득층한테나 어울릴 법한, 그들만의 취향이자 소비문화로 여겨지곤 했습니다. 그러다 어느 기회에 처음으로 와인 강의를 듣게 되었습니다. 한국인으로 귀화하여 우리나라를 알리는 데 앞장섰던 독일 출신 이참 씨가 진행하는 자리였습니다.

　딴에는 어떤 고상하고 품격 있는 이야기를 듣게 될까 기대 반, 걱정 반으로 귀를 기울였습니다. 제가 모르는 어려운 이야기만 잔뜩 할까봐 그래서 와인과 거리만 멀어질까봐 살짝 겁을 먹기도 했습니다.

　"레드 와인은 주로 혼자서 마시는 게 좋습니다. 심신을 차분하게 안정시키는 효과가 탁월하기 때문입니다. 반면에 화이트 와인은 남녀가 어울리는 자리에서 마시면 금상첨화입니다. 상대방을 매력적으로 보이게 하고 사람을 유머러스하게 만듭니다. 작업용으로 딱이랍니다."

어떤 와인 강의에서 들었던 것보다도 더 강렬한 메시지였습니다. 저 같은 문외한에게 가장 쉽고 재밌는 이야깃거리를 선사했으니까요.

톡 쏘는 달콤함으로 상대를 사로잡는 화이트 와인의 마력(魔力)에 한번 퐁당 빠져볼까요?🍷

혼술 주제가

오늘 밤 바라본 저 달이 너무 처량해

너도 나처럼 외로운 텅 빈 가슴 안고 사는구나

텅 빈 방 안에 누워 이 생각 저런 생각에

기나긴 한숨 담배 연기 또 하루가 지나고

하나 되는 게 없고 사랑도 떠나가 버리고

술잔에 비친 저 하늘의 달과

한 잔 주거니 받거니

이 밤이 가는구나

(2005, 김건모 작곡 · 노래)

〈서울의 달〉은 제가 제일 좋아하는 술 노래입니다.
혼술 주제가로선 이만한 노래가 없을 듯싶습니다. 달
님에게 외로운 나를 투영해 달에게 한 잔, 또 나에게 한

잔 수작(酬酌)하는 장면이 이태백이 부럽지 않을 경지
입니다.

두 번째로 즐겨 부르는 술 노래가 있다면 아마도 '영
원한 오빠' 조용필이 부른 〈보고 싶은 여인아〉를 꼽을
수 있습니다.

> 한 손에 술잔을 들고서 마음엔 여인을 담고
> 세월을 마셔보노라 그날을 되새기면서
> 내 눈가에 이슬 맺었고
> 흩어진 머리 위로 흘러내리는
> 궂은 비는 궂은 비는 내 마음의 눈물인가요
> 지금은 없네 지금은 가고 없네
> 떠나가버린 여인아
> 보고 싶은 여인아

제가 중학교 3학년 때인 1982년에 나온 노래입니다.
여인을 떠나보낸 적도 없는 나이였지만 그 애절함이
가슴에 사무쳐서 폼 잡고 많이 따라 불렀답니다. 특히
'한 손에 술잔을 들고서, 마음엔 여인을 담고 세월을 마

혼자 술 마시는 여자

셔보노라'로 시작하는 첫 소절은 어린 제 심금을 울리
곤 했습니다.

오랜 세월 금지곡으로 지정된 이 노래는 1987년 8월
18일 공연윤리위원회의 해금 조치에 따라 다시 빛을
보게 된 186곡 중 하나였습니다. 바로 이장희가 부른
〈한 잔의 추억〉입니다.

늦은밤 쓸쓸히 창가에 앉아
꺼져가는 불빛을 바라보면은
어데선가 날 부르는 소리가 들려
취한 눈 크게 뜨고 바라보면은
반쯤 찬 술잔 위에 어리는 얼굴
마시자 한잔의 추억
마시자 한잔의 술
마시자 마셔버리자

기나긴 겨울밤을 함께 지내며
소리없는 흐느낌을 서로 달래며

달 아래 혼술

마주치는 술잔 위에 흐르던 사연

흔들리는 불빛 위에 어리든 모습

그리운 그 얼굴을 술잔에 담네

어두운 밤거리에 나홀로 서서

희미한 가로등을 바라보면은

어디선가 날 부르는 소리가 들려

행여하는 마음에 뒤돌아보면

보이는 건 외로운 내 그림자

(1974, 이장희 작사 · 작곡 · 노래)

세월이 흘러 대학에 들어가니 난생 처음 들어보는
민중가요 〈진주 난봉가〉가 교정에 가득 찼습니다. 굽
이굽이 한이 서린 이 노래는 우리 어머니, 할머니, 할머
니의 할머니까지 시집살이 설움과 뒤늦은 남편 사랑이
마디마디 배어 있는 통곡이었습니다.

울도 담도 없는 집에서 시집살이 삼 년 만에

시어머니 하신 말씀 애야 아가 며늘 아가

혼자 술 마시는 여자

진주낭군 오실 터이니 진주남강 빨래 가라

진주남강 빨래 가니 산도 좋고 물도 좋아
우당탕탕 빨래하는데 난데없는 말굽소리
옆 눈으로 힐끗 보니 하늘 같은 갓을 쓰고
구름 같은 말을 타고서 못 본 듯이 지나더라

흰 빨래는 희게 빨고 검은 빨래 검게 빨아
집이라고 돌아와 보니 사랑방이 소요하다
시어머니 하신 말씀 애야 아가 며늘 아가
진주낭군 오시었으니 사랑방에 나가봐라

사랑방에 나가보니 온갖가지 안주에다
기생첩을 옆에 끼고서 권주가를 부르더라
이것을 본 며늘 아가 아랫방에 뛰어나와
아홉 가지 약을 먹고서 목매달아 죽었더라

이 말 들은 진주낭군 버선발로 뛰어 나와
내 이럴 줄 왜 몰랐던가 사랑 사랑 내 사랑아

달 아래 혼술

화류정은 삼년이고 본댁정은 백년인데

내 이럴 줄 왜 몰랐던가 사랑 사랑 내 사랑아

내 이럴 줄 왜 몰랐던가 사랑 사랑 내 사랑아

어화둥둥 내 사랑아

이 노래와 쌍벽을 이룰 정도로 목이 터져라 불렀던
곡은 최인호가 노랫말을 쓰고 송창식이 곡을 붙여 부
른 〈고래사냥〉이었습니다.

술 마시고 노래하고 춤을 춰봐도

가슴에는 하나 가득 슬픔뿐이네

무엇을 할 것인가 둘러보아도

보이는 건 모두가 돌아앉았네

자 떠나자 동해 바다로

삼등삼등 완행열차 기차를 타고

간밤에 꾸었던 꿈의 세계는

아침에 일어나면 잊혀지지만

그래도 생각나는 내 꿈 하나는

조그만 예쁜 고래 한마리

자 떠나자 동해바다로

신화처럼 숨을 쉬는 고래 잡으러

이상이 제가 사랑하는 술 노래였습니다.

당신이 목청 돋워 부르는 술 노래도 제게 들려주시

겠어요?

시인에게 술이란?

괴짜 스님 소야 신천희

아동문학가이자 시인으로 해맑은 삶을 세상과 나누고 있는 소야스님 신천희의 시가 제일 먼저 떠오릅니다. 내로라하는 주당들이라면 익히 보고 들었을 바로 그 시 〈술타령〉입니다.

술타령

날씨야

네가

아무리 추워봐라

내가

옷 사 입나

술 사 먹지

혼자 술 마시는 여자

(*실제로 〈술타령〉을 광고 카피로 썼다가 의류업계에서 소송을 당한 '웃픈' 이야기가 있습니다.

2016년 오뚜기식품은 동절기에 들어서면서 배우 황정민이 등장하는 30초짜리 라면(진짬뽕) 광고를 방송했습니다. 얼큰하고 뜨끈한 라면 한 그릇으로 추위를 녹이자는 내용인데 "날씨야, 네가 아무리 추워 봐라, 내가 옷 사 입나. 진짬뽕 사먹지"라는 자막과 대사가 문제였습니다. 의류업계를 자극한 이 광고 문구는 자사 상품을 홍보하기 위해 특정 업계에 좋지 않은 영향을 끼칠 수 있는 광고를 하는 게 부적절하다는 비판을 받았던 것입니다. 국내 의류산업이 오랜 불황에서 벗어나기 위해 다양한 노력을 기울이는 판에 찬물을 끼얹는 행위라는 거센 항의를 받았습니다. 불매운동 검토까지 사태가 걷잡을 수 없어지자 '옷 사 입나' 부분을 삭제할 수밖에 없었다고 합니다.)

같은 시인의 묘비명 같은 또 다른 시도 있습니다.

술통

내가 죽으면 술통 밑에 묻어줘
운이 좋으면 밑동이 샐지도 몰라

주현, 주성, 주호

술 하면 제일 먼저 떠오르는 인물 가운데 하나는 아
마도 당나라 때 시인 이백과 두보일 것입니다. 중국의
시문학을 대표하는 두 천재 중 시의 성인으로 추앙받
는 두보는 '주호(酒豪)'라는 별칭을 얻었고, 술의 신선
이백은 주성(酒聖)으로 불렸다는 게 흥미롭습니다. 시
와 술에서 자리다툼이 그만큼 치열했나봅니다. 생전에
두 사람은 불운과 절망, 도피와 방황 속에서도 각별한
우정을 쌓으며 서로를 그리워하는 시를 남기기도 했습
니다.

또한 송나라 시인 소동파는 술을 손수 빚을 정도로
애주가였다고 합니다. 그는 어느 마을을 가더라도 좋
은 술을 찾아 맛보고 빚는 법을 물었는데, 〈주경(酒
經)〉이라는 책으로 정리할 정도였습니다. 그를 '주현

(酒賢)'으로 부르는 것도 여기서 비롯된 듯합니다.

그 가운데 저랑 혼술 코드가 딱 맞는 술의 성인, 이백의 '월하독작(달 아래 혼술)' 첫 수와 둘째 수를 볼까요?

월하독작(月下獨酌)

꽃 사이 놓인 한 동이 술을

친한 이 없이 혼자 마시네

잔 들어 밝은 달을 맞이하고

그림자를 대하니 셋이 되었구나

달은 마실 줄 모르고

그림자는 부질없이 나를 따르는구나

잠시 달과 그림자 벗하니

즐겁기가 모름지기 봄이 된 듯한데

내가 노래하니 달은 거닐고

내가 춤을 추니 그림자 어지러워

깨어서는 모두 같이 즐기고

취한 뒤에는 제각기 흩어진다

길이 무정한 놀음 저들과 맺어

아득한 은하에서 다시 만나길.

하늘이 만일 술을 사랑하지 않았다면

어찌 하늘에 술별(酒星)이 있으며

땅이 또한 술을 사랑하지 않았다면

어찌 술샘(酒泉)이 있으리요

하늘과 땅이 이미 술을 사랑하였거늘

술을 사랑함을 내 어찌 부끄러워하리

듣자하니 청주는 성인(聖人)에 비하고

또한 탁주는 현자와 같다 하네

성현도 이미 마셨던 것을

하필이면 신선을 구하는가

석 잔 술은 대도(大道)에 통하고

한 말 술은 자연(自然)에 합하거니

모두 취하여 얻는 즐거움을

깨어 있는 사람에게는 알려주지 말게나

(*마지막 구절을 이렇게 해석하기도 합니다. 술이 취
했을 때의 아취를 술 먹지 아니하는 이들에게는 절대
전하지 말지어다. 또 이리도 해석합니다. 이는 다 취해

보아야 아는 일, 말똥말똥한 자 그 맛 모르리.《이백 시선1,2》, 허세욱 역, 큰글.《이백 시선》: 달과 술의 연인, 이원섭 역해, 현암사 참고)

조지훈의 주도유단(酒道有段) : 당신은 몇 단입니까?

인터넷으로 고스톱을 치던 초창기에 여기에도 급수가 있었습니다. 저도 당시 처음 접하고 그 재미에 톡톡히 빠져서 아이들 재우고 새벽까지 잠도 안 자고 '아싸! 쓰리고!'에 열광하곤 했습니다. 바보부터 지존, 신까지 있었던 걸로 아는데, 지금은 기억이 가물가물합니다.

술 하면 빠지지 않는 시인 조지훈은 술에도 등급이 있다며 9급, 9단으로 실력과 수준을 나누었습니다. 당신은 어디쯤 머물고 있으며 어디로 가시렵니까?

- 9급 不酒(부주) 술을 아주 못 먹진 않지만 안 먹는 사람.
- 8급 畏酒(외주) 술을 마시긴 마시지만 술을 겁내는 사람.

- 7급 憫酒(민주) 마실 줄도 알고 겁내지도 않지만 취하는 것을 부끄럽게 여기는 사람.
- 6급 隱酒(은주) 마실 줄도 알고 겁내지도 않으며 취할 줄도 알지만 돈이 아까워 혼자 마시는 사람.
- 5급 商酒(상주) 마실 줄 알고 좋아도 하지만 무슨 잇속이 있을 때에만 술을 내는 사람.
- 4급 色酒(색주) 성 생활을 위해 술을 마시는 사람.
- 3급 睡酒(수주) 잠이 안 와서 술을 마시는 사람.
- 2급 飯酒(반주) 밥맛을 돋우기 위해 마시는 사람.
- 1급 學酒(학주) 술의 진경을 배우는 사람.

- 초단 愛酒(애주) 술에 취미가 들기 시작한 사람.
- 2단 嗜酒(기주) 술의 참맛에 반한 사람.
- 3단 耽酒(탐주) 술의 진경을 체득한 사람.
- 4단 暴酒(폭주) 주도를 수련하는 사람.
- 5단 長酒(장주) 주도 삼매에 든 사람.

- 6단 惜酒(석주) 술을 아끼고 인정을 아끼는 사람.
- 7단 樂酒(낙주) 마셔도 그만 안 마셔도 그만, 술과 더불어 유유자적하는 사람.
- 8단 觀酒(관주) 술을 보고 즐거워하되 이미 마실 수는 없는 사람.
- 9단 廢酒(폐주) 술로 말미암아 다른 술 세상으로 떠나게 된 사람.

(1956년 3월 〈신태양〉에 기고했던 수필 중에서)

윌리엄 버틀러 예이츠의 술 노래

술은 입으로 들고
사랑은 눈으로 든다.

우리가 늙어 죽기 전
알아야 할 진실은 이것뿐

나는 잔을 들며
그대 바라보고 한숨짓는다.

술의 어원: 물에 가둔 불

아주 어릴 때부터 들으면 왠지 서럽고 눈물이 나는 노래가 있습니다. 첫 번째가 〈회심곡(回心曲)〉이고 두 번째가 바로 〈각설이 타령〉, 일명 〈품바 타령〉입니다. 노랫말에 이런 구절이 있습니다.

"밥은 바빠서 못 먹고 떡은 떫어서 못 먹소.
죽은 죽어도 못 먹소. 술은 술이술이 잘 넘어간다."

목구멍으로 술술 잘 넘어가서 술이란 말이 생겼을까요? 이도 일리가 있을 듯합니다.

물에 가둔 불 '수불'

한국어학회 회장을 역임한 천소영 교수는 물 속에 불이 있다는 의미인 '수불'에서 술의 어원을 찾고 있습니다. 항아리 안에서 술이 발효될 때 뜨거운 열기가 나면서 부글부글 끓어오르는 모습을 상상한다면 더 쉽게 이해할 수 있을 것입니다. 이 수불이라는 단어는 그 뒤 수불〉수을〉수울〉술로 바뀌었다는 것이 가장 유력한 설 가운데 하나입니다. 물과 불은 원래 상극(相剋)의 성질(수극화 水剋火)을 가지는데, 이 두 물질이 만나 술을 만드는 과정은 서로의 본성(성질)을 참고 견뎌 마침내 새로운 조화를 이루는 것입니다. 소통과 화합의 산물입니다.

수작(酬酌)에서 온 술

조선 말기의 통속어원학자 정교가 쓴 〈동언고략(東言考略)〉에, 술은 순박하고 좋은 술맛 순(醇)에서 비롯되거나 손님을 대접하는 수(酬)에서 '술'로 바뀐 것으로 보기도 합니다. 한편 술술 넘어간다고 해서 술이라는 말도 전혀 주장이 없는 것은 아니라고 하네요.

수본과 수을

1103년 고려에 왔던 송나라 손목(孫穆)이 편찬한

〈계림유사(鷄林類事)〉라는 견문록을 보면 우리 술을 '수(酥 suə)'로 발음했으며 명나라 때 조선어 교재였던 〈조선관역어〉에는 술을 '수본(數本, su-pun)'이라 했다네요. 앞서 수불과 비슷한 발음으로 당시에 기록했던 것으로 보입니다. 우리나라 기록으로는 중국 당나라 두보의 시를 한글로 번역한 시집인 〈두시언해〉와 〈삼강행실도〉 등에는 '수을'로, 중종 때 한자학습서 〈훈몽자회〉에도 '술'로 기록되어 있다고 합니다.

사람이 정성으로 마련할 수 있는 것 가운데 가장 순수하고 깨끗하며 향이 좋은 것이 술입니다. 하늘과 천지신명과 조상에게 바치는 것이 술입니다. 하지만 술 안에는 사람을 흥분시키는 불이 들어 있습니다.

그 불을 다스리는 것이 예이고 인격이고 주도(酒道)입니다.

'주(酒)'의 어원 그리고 <명정(酩酊)40년>

주(酒)의 고자(古字)는 유(酉 : 닭, 서쪽, 익을) 자입니다. 유(酉)는 지지(地支, 육십갑자의 아래 단위를 이루는 요소) 유, 익을 유로 풀이되는데, 원래 술항아리를 상형한 것으로 술을 뜻합니다. 물(氵)과 술항아리(酉)가 합쳐 술 주(酒)가 된 것은 술항아리에서 익은 곡주에 막걸리처럼 물을 첨가하여 걸러짐으로써 유래한 글자로 추측할 수 있습니다.

오늘날 얼핏 보면 술과 관계없는 것처럼 보이는 글자 가운데서도, 유(酉)자가 들어있는 글자 중에는 술과 관련되었던 글자를 많이 볼 수 있습니다.

술을 뜻하는 유자가 변(邊)으로 들어간 거의 모든 한자는 발효에 관한 광범위한 술 이름을 뜻합니다. 주(酎 : 세 번 빚은 술 주), 료(醪 : 막걸리 료)가 있고, 빚을 때 일어나는 현상을 말하는 글자로는 발(醱 : 술 괼 발), 효(酵 : 술 괼 효), 양(釀 : 술 빚을 양)이 있습니다.

그밖에 취(醉 : 술 취할 취), 명(酩 : 술 취할 명), 정(酊 : 술 취할 정), 수(酬 : 잔 돌릴 수), 작(酌 : 잔 권할 작) 등이 있지요. 술을 사랑한 낭만시인 수주(樹州) 변영로가 쓴 〈명정(酩酊)40년〉도 술 이야기를 묶은 수필집입니다. 무려 여섯 살 때부터 시작된 그의 술 편력이 진솔하고 익살스럽게 담겨 있습니다. 친구들이 술을 먹기 위해 추렴하는 데서 갹(醵 : 술추렴할 갹)이라는 글자가 나왔는데, 지금은 기부금 따위를 거둬들이는 것을 각출(醵出)이라 하지요.

우리가 흔히 쓰는 존중(尊重)한다, 존경(尊敬)한다 할 때 이 존(尊)이라는 글자 역시 술에서 비롯됐습니다. 높을 존 혹은 술그릇 준이라고 하는데 회의(會意) 문자로 술병(酋)을 손(寸)에 공손히 받들고 바친다는 데서 존경의 뜻을 나타내어 '높이다'를 뜻한다고 합니다. 옛날에 하늘이나 신에게 제사 지낼 때 술을 바치던 데서 삼가 섬기다, 존경하다로 의미가 확장된 것으로 보입니다. 🍷

술 귀신 이야기

옛날이야기 속에도 술에 대한 가르침이 있습니다.

아주 옛날 어느 마을에 병든 아버지를 모시고 사는 효성 지극한 아들이 있었습니다. 병을 낫게 하려고 천지사방으로 좋다는 약을 구하러 다닌 끝에 용한 의원(醫員)이 말하기를, "자네 아버지의 병은 선비, 광대, 광인 세 사람 간을 먹어야 낫는다네."라는 겁니다.

그 말을 믿고 그대로 하였더니 신기하게도 아버지 병이 나았습니다. 아들은 자기가 죽인 세 사람 시신을 한 자리에 수습했는데 그 무덤에서 밀이 자라났습니다. 이 밀로 술을 빚었더니 그 술에는 죽은 세 사람 혼이 깃들어 있어서, 한 잔 마시면 선비처럼 점잖고, 두 잔 마시면 광대처럼 흥이 올라 춤추고 노래하더니, 세 잔 마시면 광기(狂氣)가 드러났다고 합니다.

(《한국민속문학사전: 설화 편》, 국립민속박물관)

　　혼자서 마시든 어울려 마시든 술에 대한 경계를 늦
췄다가는 어느 틈에 미치광이 상태에 이를 수도 있다
는 가르침을 담고 있습니다. 오늘 마실 술로 선비가 될
지, 광대가 될지, 광인이 될지는 오로지 자신에게 달려
있습니다. 술한테 지배당해서 술 귀신을 불러들여서는
퍽 난감하겠지요.

　　이와 비슷한 맥락에서 술을 조심하라는 말은 《법구
경(法句經)》 혹은 《법화경(法華經)》에도 등장합니다.

　　"한 잔은 사람이 술을 마시고,

　　두 잔은 술이 술을 마시고,

　　세 잔은 술이 사람을 마신다." 🍷

혼자 술 마시는 여자

담금주를 위한 변명

담금주 가라사대,

아무리 좋은 약초도
아무리 귀한 약재도

물로 끓여 먹자면
쉬 상하기에

하는 수 없이

두고두고 오래 먹기 위해
두루두루 벗과 나누기 위해

술에 담글 수밖에 🍷

술에 대한 말 말 말

주도(酒道)와 술에 대한 일침

한동안 〈채근담〉에 푹 빠져 지내던 시절이 있었습니다. 중국 명나라 때 유학자 홍자성이 지은 생활철학서로 독특한 처세훈을 담고 있는 이 책에는 구구절절 제 마음을 찌르는 얘기가 많았지만 그 가운데 술에 대한 이런 말도 있네요.

"꽃은 반쯤 피었을 때가 가장 아름답고
술은 조금만 취했을 때가 좋으니,
그 속에 가장 아름다운 멋스러움과 흥취가 있다.
만약에 꽃이 흐드러지게 피거나
술이 곤드레만드레 취하면
도리어 추악한 지경에 이르게 되니,
넘치게 많이 가진 사람의 품행은

마땅히 이 점을 생각해야 될 것이다."

제 친정아버지가 어릴 적부터 시집간 지금까지 늘 들려주시던 〈명심보감〉은 옛 이야기처럼 저를 아련하게 만듭니다. 그 가운데 술에 대한 구절을 옮겨봅니다.

酒不醉人人自醉(주불취인인자취)
色不迷人人自迷(색불미인인자미)
술이 사람을 취하게 하는 게 아니라
사람이 스스로 취하는 것이요,
색이 사람을 미혹에 빠지게 하는 게 아니라
사람이 스스로 미혹되는 것이니라.
-명심보감 성심(省心)편

〈논어〉 '향당(鄕黨)편'에도 술에 관련된 언급이 있습니다.

유주무량불급란(唯酒無量不及亂)
공자는 주량에는 제한이 없었지만 절대 주정을 하거

나 의식이 어지러워지는 지경에 이르지는 않으시었다.

둘째가라면 서러울 정도로 유명한 애주가였던 공자도 후손의 말에 따르면 제사가 잦은 집안이라 집에 술과 음식, 사람이 끊일 날이 없었다고 합니다. 공자는 술을 자주 마실 뿐 아니라 많이 마셨는데, 주량은 끝이 없었답니다. 하지만 술에 취해 실수를 하지는 않았는데, 예에 어긋나지 않은 덕분이라 여겨집니다.
그밖에 동서고금 술을 마셔본 이들이 몸소 겪고 느낀 이야기가 참 많습니다.

"술은 인격을 비춰주는 거울이다."
-아르케시우스 (주피터의 아들)

"술이 사람을 못된 놈으로 만드는 것이 아니라
그 사람이 원래 못된 놈이란 걸 술이 밝혀준다."
-일본 명언

"술은 입속을 경쾌하게 한다. 그리고 마음속을 터놓게

한다. 이렇게 술은 하나의 도덕적 성질, 즉 마음의 솔직함을 운반하는 물질이 된다."

　-칸트

"술 마신다고 문제가 해결되는 건 아니지만

　우유 마신다고 나아지는 것도 없다."

　-스코틀랜드 명언

"한 잔의 술은 재판관보다 더 빨리 분쟁을 해결해준다."

　-에우리피데스 (고대 그리스 시인)

"술과 인간은 끊임없이 싸우고 끊임없이 화해하는 사이좋은 투사와 같다. 진 쪽은 이긴 쪽을 포옹한다."

　-보들레르 (19세기 프랑스 시인)

　세상 모든 술 얘기 가운데 압권은 우리 속담이지 싶습니다.

"겉은 눈으로 보고, 속은 술로 본다."

포도주 예찬

"좋은 포도주는 인간을 천국으로 이끌어준다."

-제임스 오웰 (영국 극작가)

"포도주는 신이 인간에게 내린 최고의 선물."

-플라톤 (고대 그리스 철학자)

"포도주는 인간의 가슴을 즐겁게 해주는데, 그 즐거움
은 곧 아름다움의 어머니다."

-괴테 (독일 시인·극작가)

생명의 술, 위스키

"이 생명의 물은, 마시면 원기를 북돋아주고, 과하게
폭발하게 만들며, 전혀 경험하지 못한 새로운 황홀경을
느끼게 해준다."

-아르날두스 데 비야 노바(스페인 의사)

"적당히 마시면 노화가 늦춰지고 젊음을 강화시켜주며 가래가 줄어들고 우울증이 없어진다. 수사슴 고기의 맛을 돋우고 마음을 가볍게 만들어주며 기분 전환을 시켜준다."

　-아일랜드 출신 연금술사·작가 리처드 스태니허스트

맥주 이야기

"맥주 한 잔과 목숨의 보증만 있으면 명예 같은 건 버려도 괜찮다."

　-윌리엄 셰익스피어 (영국 극작가)

"고개를 숙일 줄 아는 겸손한 이는 내면의 거품이 적기 마련이다."

　-작자 미상 (맥주 따르는 모습을 떠올리며)

"트위터를 무시하고, 블로그에서 떠드는 말을 무시하세요. 그리고 오늘 저녁 집에 가면 맥주나 마시는 거예요."

　-샌디 앨더슨 (MLB 뉴욕메츠 단장)

감사의 말씀

늘 하늘 같은 마음으로 사랑만 주신 부모님, 박성옥 선생과 김초자 여사 그리고 혼례로 맺어진 시어머님 조진실 여사, 남편 김형배, 두 아들 민성이와 민균이 모두 고맙습니다. 제 하소연과 불안, 두려움 들어주고 응원해주느라 참 고생 많았습니다.

출판사 올림 식구들, 명로진과 인디라이터, 오정환과 광화문 글쓰기 모임에도 기쁘게 빚졌습니다. 책 내라고 등 떠밀어주신 덕분입니다.

모두 고맙고 또 사랑합니다.

2018년 눈부시게 아름다운 어느 날,

박경희 삼가 올림